疆|阅|典|藏

乡下那些事

吴金泉/著

新疆人民出版社

图书在版编目（CIP）数据

乡下那些事 / 吴金泉著 .—乌鲁木齐：新疆人民出版社，2020.12（2024.7 重印）
ISBN 978-7-228-20497-7

Ⅰ . ①乡…　Ⅱ . ①吴…　Ⅲ . ①中篇小说—小说集—中国—当代②短篇小说—小说集—中国—当代　Ⅳ . ① I247.7

中国版本图书馆 CIP 数据核字（2020）第 243286 号

乡下那些事

XIANGXIA NAXIE SHI

出 版 人	李翠玲	装帧设计	陈　飞　刘堪海
责任编辑	俞　康　王　慧	责任技术编辑	杨　爽

出版发行	新疆人民出版社
地　址	乌鲁木齐市解放南路 348 号
邮　编	830001
电　话	0991-2825887（总编室）　0991-2837939（营销发行部）
制　作	乌鲁木齐捷迅彩艺有限责任公司
印　刷	新疆新华印务有限责任公司

开　本	880mm × 1230mm　1/32
印　张	6.125
字　数	140 千字
版　次	2020 年 12 月第 1 版
印　次	2024 年 7 月第 2 次印刷
定　价	35.00 元

目　录

晚　秋

一

那张请柬就放在客厅的茶几上。大红的底色，耀眼的烫金字，给这间宽敞明亮的客厅增添了不少亮色和喜气。

时值深秋，窗外的太阳敛了夏的热烈，和蔼温柔地将光洒进客厅。

任万全在屋内来回踱着步子。时间已一天天临近，他还没有想出一个万全之策。他实在无法确定，亲家小女儿的婚礼他和妻子能不能如期参加。

几天前亲家公便给他打了电话，邀请他和妻子王淑贤一块儿去参加他小女儿的婚礼。本来，亲家嫁女儿，给他打个电话就可以了，不承想没过几天，亲家的大女儿、儿媳妇又特地给他送来了请柬。请柬上赫然写着他和妻子的名字，这让他感到有些为难。他明白亲家的一片苦心，发请柬，在请柬上写上两个人的名字并不是多此一举。亲家电话里一直强调，请他和妻子务必一起去。可能是担心两个人不一起来，才又给他发了请柬。

望着那张请柬，任万全隐隐感到了那张红纸透出的分量。那是一份亲情，亲家已经把他的期望无声地寄托在了这张小小的请柬上。

亲家家远在几百里外的B市，去一次前后得三五天。

任万全和王淑贤商量过好多次，也没想出个最佳方案。最稳妥的办法就是一个人去，一个人留下来管家。可亲家这些年来从没提过什么过分的要求，现在最小的女儿出嫁，不去，既驳了亲家的面子，也会让亲家产生想法，以后再见面难免尴尬。

正当任万全一筹莫展时，小女儿叶儿挺着大肚子进来了。她正在保胎养胎。女婿在很远的一个建筑工地上班，叶儿无人照料，便只好每天回娘家，由亲妈照顾。她已经在娘家待了几个月了。

看着父母为难的样子，叶儿说："爸、妈，你们尽管去吃席，我可以自己做饭吃。"

王淑贤说："不是你的问题，是你爷的问题。我们都去了，你爷谁管？"

叶儿说："我爷又不是只生了我爸一个儿子，我还有四个伯伯、一个姑妈，他们谁不可以管一下呀？"

王淑贤愁苦着脸说："他们若管，我们也不用发愁了。你爸挨个儿打了电话，不是推托有事，就是说房子小住不开。他们都有难处，可我们就没难处吗？现在照顾你爷成了我们一家的责任和义务了。"

叶儿说："不就待个三五天时间吗？再忙也不至于抽不出这点时间吧！"

王淑贤说："唉，你爷的事情安排不好，这席根本就没法儿去吃。"

叶儿果断地说："把我爷交给我管好了。我可以做饭，保证不会让我爷挨饿的。”

王淑贤说：“吃饭好解决，你爷如果摔倒了咋办？”

这下叶儿也感到了为难。她忧愁地叹口气：“唉，那咋办？”

王淑贤无奈地说：“只好让你爸一个人去了。”

叶儿听了，不由得又叹了一口气。

二

任强和玲玲要提前去帮忙，问父亲是否一块儿去，五个人刚好坐一辆车。

任万全果断地说：“你们先去吧，我到婚礼的头一天再去。现在家里这个样子，哪能走开呀！”

任强说：“也行，到时候你和我妈坐王涛的车来。”

任万全无奈地说：“也只能这样了。”

正说着，门外传来脚步声。门被轻轻地推开，一个瘦削、年迈的老人蹒跚着走了进来。

老人是任万全的父亲，已八十多岁了，身体倒还硬朗，就是患有阿尔茨海默病，很少说话，偶尔说两句，也是含糊不清。

开春时，老爷子摔了一跤，脑出血，拍片检查有一块很大的血栓压迫了神经。由于岁数大了，不能做手术，只能靠药物及自身慢慢吸收。老爷子在医院的病床上躺了二十多天，治疗效果不是很明显，医生说得慢慢调养、恢复，短期内恐怕无法痊愈。医院停了药和点滴，让老爷子回家休养。老爷子出院时两腿软得站不住。回到家，任万全和王淑贤一边一个搀着父亲进行康复锻炼，一段时间后渐渐变成一个人搀扶。再后来，父亲不用人搀，拄着拐杖就能自己慢慢行走了。

父亲的状况越来越好。日常生活基本能够自理，饭可以自己吃，就是大小便得使用坐便器，把大小便排在坐便器的垃圾袋中，由任万全或王淑贤倒出去。此外，刮胡须、剪指甲、洗头、洗澡都得靠别人伺候。

老爷子一进门，重孙女旦旦便赶忙走过去，抓住老太爷的手，嘴里喊着“老太爷，小心，慢点”，把他搀到椅子上坐下，而后就去玩她自己的了。旦旦九岁了，是个极有孝心的孩子，每次看到老太爷独自行走，都会跑上前去搀扶他。

父亲定定地坐在椅子上，两眼呆滞地望着窗外，不知脑子里在想些什么。他脸上没有太多表情变化，既不惊喜，也不悲戚，显得麻木而冷漠。

父亲自从那次摔倒脑出血后，变得痴呆了，生活质量大为降低，连吃喝排泄都无法处理好。有时把粪便装一裤裆，有时还会把粪便弄得满地都是，每次都让任万全和王淑贤好一阵忙活。任万全倒还可以忍受，但他笨手笨脚总也收拾不到位。王淑贤却不行，处理完那些污秽之物后会忍不住呕吐，短时间内吃不下去饭。但后来经常收拾那些粪便，慢慢地王淑贤也就习以为常，不再感到那么恶心了。

任万全想不通父亲怎么就把人活到了这般境地。他是在考验儿女们的孝心吗？可父母养了六个儿女，为啥单单要自己去承担这份责任和义务呢？难道是上天的安排，要让他体验人间的悲苦与心酸？他无法控制自己这些不忠不孝、大逆不道的念头，过后又会为此深深自责。他甚至不敢面对父亲那双迟钝而呆滞的眼睛。父亲的眼睛虽然迟滞无光，但他却觉得能够映照出他的渺小和内心的丑恶。

有时他想，人痴呆其实也是件好事，没有了烦恼忧愁，甚至不知道谁好谁坏。

父亲已经记不起来他还有其他儿女了，所以也就无法知道他们对他做出的种种事情，他只记下了身边的这个儿子和儿媳妇，还有他的孙子、重孙女。在他的意识里，不论是谁，只要给他一口好吃的，他就觉得这个人是世界上最好的人了。

父亲生病后，任万全总算看清了其他兄弟的真面目。父亲为了养育孩子，倾注了毕生心血，可作为儿子，面对患病的父亲，他们又做过些什么呢？他们只想着推脱责任，脱离永无休止的操劳，享受自己小家庭的宁静安逸，既不想浪费财力，又不愿付出人力。他们没有想过要怎样孝敬父亲，让他享受晚年的幸福生活，反而巴不得父亲在孤独、寂寞和病痛中早日离去，从此不再拖累自己。

王淑贤正在做饭。因任万全要上班，所以午饭必须准点。他们每天都是两点左右开饭，有时早点儿，有时稍晚点儿，前后错不过十分钟。

任万全知道，父亲舍得离开自己的房间准是肚子饿了。一般情况下，父亲只待在自己的房间，多数时间是躺在床上睡觉，只有很少的时候会坐在窗前的椅子上，呆呆地垂着眼皮，一动不动。他曾多次告诉父亲要多走动走动，可父亲似乎把他的话当成了耳旁风。时间久了，他也觉得自己是在说废话，就只好由他去了。这样，那张很大的双人床便成了父亲的安乐窝。他乐于躺在床上享受生活，享受那种全身放松的悠闲自在。只有当他感到饿了，才不得不爬起身，去找那个每天给他端三次饭的儿子。

父亲一进屋，妻子便加快了做饭的速度，似乎父亲的胃给她定了一个时间表，她必须以极快的速度行动起来，不然父亲会呆呆地坐在那里，望着窗外，就像一座雕塑，始终保持着一种表情，给她的心理和精神造成很大的压力。

父亲的消化系统很好，根本不像八十多岁老人的，倒像是一个年轻小伙子的。他特别佩服父亲的饭量和消化能力，比自己强几倍。父亲每顿都比他吃得多，而且他整天活动，父亲整天睡觉，还总是比他饿得早。他真无法想象，从小吃糠咽菜，在苦水里泡大的父亲，竟然没有一点胃病！

妻子做了揪片子。她把面片揪成指头蛋大，再大父亲不好用小勺吃到嘴里。盛好后，她让任万全把头碗饭端给了父亲。

王淑贤每次给父亲做饭都很用心。做拉面，她给父亲下面时揪成小短节。煮肉或是做鸡，她会把肉撕碎了放在碗里。她尽量多做汤饭，以父亲的口味为主。她做的饭色、香、味俱全，很合父亲的胃口。父亲因吃惯了她做的饭，几乎不吃别人做的饭，逐渐变得有些难伺候了。

三

一家人吃过饭，话题又回到了吃席的事上。

任强和玲玲一直建议让父母坐他们的车走，这样能赶上亲家的请东宴。

任万全说："你们也看到了，你爷安顿不好，根本没法儿去。你们先去，要是实在没人接你爷，我和你妈就只能去一个了。"

任强愤愤不平地说："我爷有六个儿女，凭啥让你一个人管我爷？我那些伯伯和姑妈就没有义务和责任吗？他们一个个都是从石头缝里蹦出来的吗？要不，就开家庭会，每家管一个月，轮着管。他们要真不管，就起诉到法院。他们几个月不来看自己的亲爹一次，看他们的脸往哪搁！"

任万全说："你说的两种办法都行不通。轮着管，最后只能将你爷搭在墙头上。起诉到法院，为了老人，亲兄弟撕破脸皮，以后还怎么相处？你们这一代小弟兄还来不来往了？那不结成仇人了吗？"

任强说："可你这么孝顺，谁又领你的情呢？他们替你想过吗？他们都能做出那么绝情的事情，你为啥还顾及兄弟之情？想想看，对父母都不好的人，你还指望着他能对你好吗？"

王淑贤说："管吧，三十多年都过来了，还在乎现在吗？你爷都八十多了，能活几年？记住，老人永远都没有错，管老人更没有错，让你爷好好地安享晚年吧！"

任强说："管爷爷我肯定赞成，可现在遇到了特殊情况，让他们代管几天还推三阻四，他们就是欺负你们太善良了。"

王淑贤说："实在没办法，就只好让你爸去了。"

玲玲说："爸，你是必须得去的，我妈也得去。她下周不是去省城抓药吗？按时间算，刚好赶上。"

王淑贤说："药不抓了，先停上一段时间。"

玲玲说："不抓可不行，药一停，就前功尽弃了。"

王淑贤一脸不情愿地说："中药我实在喝不下去了，能不能停一停啊！"

玲玲坚决地说："绝对不能停。不喝药，你的心脏哪能受得了?”

王淑贤说:“喝再多的药,也不可能把我的心脏治好,还不是老样子。”

玲玲说:“中药可以缓解病情啊！你要不喝药,早住院了。”

王淑贤不吭声了。玲玲确实没说错,如果不是有中药调理,她早住院了。她不但有心脏病,还有高血压、高血脂、哮喘、颈椎增生、腰椎间盘突出,就连省城的名中医、权威专家都为她的病发愁、担忧。她每天都在喝药,不是中药就是西药,把她喝怕了,喝烦了,一闻到中药味就恶心。有时,她真想把那个药罐子一脚踢翻,扔到院子里砸碎。喝中药期间,医生一再叮嘱她忌食肉类,少吃食盐,多吃素菜,饮食一定要清淡。别人吃肉喝酒,自己却吃素菜、白水煮面,还得每天喝两大碗苦得难以下咽的中药,她心里能平衡吗?多少次,她想放弃治疗,抱定了活到哪天算哪天的消极心理,可在丈夫和儿女的一再催促下,她又不得不去看病、抓药。去省城看病,她从来就没有主动过。

任强劝道:“妈,中药你还得继续喝啊！如果你病倒了,这个家就垮了。中药虽苦、难喝,可它终归能缓解你的病情,对你的病会有好处的。”

“唉!”儿子、儿媳妇的话,让王淑贤深长地叹了一口气。

四

任万全突然接到单位电话通知,要他去州上开会,时间正好在亲家过事的前两天,他只好坐公交车提前动身了。去州上开会的前一天,正好大女儿雪儿、女婿王涛和小外孙女甜甜也来了。

王淑贤说："给老先人洗个澡吧。"

任万全说："你先给大洗头，我去把大房子的火生旺。"便去父亲的房间生火，烧了热水。

王淑贤和雪儿给老爷子洗头。雪儿用一条毛巾围着爷爷的脖子，两手扶住爷爷的肩膀，以防爷爷坐不稳摔倒。

王淑贤给公公的头发打了洗发膏，用手指认真抠着、搓着，然后用水冲洗净。洗好头，父亲房间的炉火已很旺了，热水也烧好了，任万全拿了一个大塑料盆，把热水倒进盆里，兑好凉水。他和雪儿给老爷子脱了衣服、裤子，把老爷子抱进水盆，雪儿便给爷爷搓洗起来。

雪儿洗得很细致、很认真。老爷子的身子干瘦如柴，根根肋骨凸显着，松弛的皮贴在肋骨上，使身子显得很瘦小。

雪儿给爷爷的身上擦了香皂，用手在他的前胸、后背、肩膀、胳膊上搓着。搓了一遍，用水冲净，然后又擦了遍香皂，又认真、细致地搓洗了一遍。上身冲洗干净，用毛巾擦干，雪儿又给爷爷洗了腿和脚。

任万全两手扶着父亲，看自己的女儿为爷爷做的这一切，内心为有这样孝顺的女儿而感到骄傲。他给父亲擦洗过多次身子，每次都是草草完事，从来没有这么认真过。雪儿大学毕业，在政府部门上班，他觉得女儿的学没有白上，她太懂事了。他甚至想：有这样孝顺的女儿，自己的晚年一定会是幸福的。

雪儿给爷爷搓洗干净，穿上了干净衣服。

任万全给父亲剪了手指甲、脚指甲。一切都忙好了，任万全把父亲带到了自己的房间。

王涛说："老爷子一洗，衣服一换，一下显得精神了。"

雪儿拉过甜甜说："亲一下老太爷。"

甜甜还不到三岁，她望着老太爷，胆怯地说："老太爷，胡子，扎。"

任万全这才发现该给父亲刮胡子了，要不然等他吃席回来，父亲的胡子就太长了。

给父亲刮胡子是件很难的事。用电动剃须刀，必须每天刮，最多不能超过两天，否则胡子一长就不好刮了。用刀片就更没法儿刮了，父亲的嘴角尽是皱纹，就像榆树皮，刀片根本无法探到纹沟的深处去剃那些繁茂的胡须。

任万全如果忙得没顾上或者出差，只好让父亲的胡子疯长。胡子几天就长了很长，让人无从下手。他曾用刀片给父亲刮过几次，每次都把皮肤给刮烂，流了血。

任万全整天忙着上班，还得照顾父亲的饮食起居，根本就没时间给他天天刮胡子。无奈，只有等周末休息了再刮，这样就增加了刮胡子的难度。

儿子任强擅长雕刻，刻刀在他手中灵活自如，能雕刻出很精美的工艺品，但他那双灵巧的手却对爷爷的胡子无能为力。

大女婿王涛是汽车修理工，精通修理各种机械，他虽然能让各种机器重新运转，却也对付不了爷爷的胡子。

任万全曾请一个有十年理发经验的理发师给父亲刮胡子，理发师仔细地看了老爷子的胡子后说："这个胡子，我真刮不了。我怕把老爷子的脸刮烂了，你还是另找高人吧。"

任万全只好义不容辞地继续担当起给父亲刮胡子的艰巨任务。

他先用小剪刀小心翼翼地把那些繁茂的胡须剪短，再用电动剃须刀剃胡茬。

终于，把父亲的胡子剃净了。

雪儿抱起甜甜说："老太爷一下变年轻了。来，甜甜，亲一下老太爷。"

甜甜伸出小手，抱住老太爷的脸，把小嘴凑上去，在老太爷的脸颊上亲了一下。

五

父母生育了五子一女。五个儿子分别取名任万礼、任万义、任万忠、任万孝、任万全。"礼、义、忠、孝、全"，意在期望他们能光宗耀祖，为任家创下千秋功业，美名流芳后世。

老大任万礼家境富裕，有三辆小汽车、两台挖掘机。他人际交往很广，认识许多响当当的人物，揽下了不少工程，常年在野外工地上奔忙。他一天忙得四个轮子不停地转，一会儿东一会儿西，一出去十天半月不着家，哪还有时间去过问老爹的事情。

任万全给他打电话时他正在火头上。他包筑路工程挣下的五十万元，被发包工程的老板全部卷走，至今分文没给。那个老板不知去向，音讯全无。他新包的筑路工程正准备上马，可负责工程的总经理却被调到了别处。为了工程能继续干下去，他正忙着找人疏通关系。他在电话里焦急地对任万全说："我实在顾不上管老先人。我在工地忙得不可开交，恨不得生出三头六臂。你那个嫂子，整天泡在麻将桌上，每天不是下馆子就是方便面，让她管老先人，用不了三天，皮就得搭在墙头上。再说，她连自己都管不好怎么管老先人,你还是另想办法吧。”

任万全气愤地挂了电话。他很生气。生大哥的气。挣那么多钱,却不管自己的父亲,没一点老大的样子。可静下心来一想:大哥说得也很有道理,他忙得顾不上,嫂子一天到晚沉迷于麻将,自己还时时饿着肚子呢,咋能放心让她去管父亲!

“唉!”他无奈地长出了一口气。

六

老二任万义和媳妇刘静都是中学教师,整天两点成一线,家里、学校,学校、家里,准点上下班。有时,还得加班、值班。

任万全知道二哥和二嫂的为人,只是把自己的难处婉转地说了一下。

任万义一下就把他支出了很远,文雅地说:“目前,你谁也指望不上,还是给姐打电话吧。”

任万全说:“姐是嫁出去的女儿,她有那份孝心,也可以管,但老先人毕竟还有五个儿子。我们五个儿子不管,怎好意思让姐去管呢?”

任万义说:“让姐管是你最明智的选择了,不然你恐怕把老先人送不出去。”

任万全说:“我不是往外送老先人,只是让你们代管几天,等我吃席回来就去接。”

任万义说:“你若不信我的话,就打电话试试吧。”

任万全苦笑着摇摇头。

七

老三任万忠是养殖大户，牛羊成群。他喂下的都是育肥牛羊，秋天茬子地一开，他便把羊赶到收割了的玉米、打瓜、葫芦、甜菜地放牧。那群羊有一百多只，甚是难管，他一个人根本忙不过来，只好和媳妇张玉玲两个人放。

任万全给他打电话时他正和他的“宝贝”淘气呢。那些羊，草好了还能在一个地方安稳地吃一会儿，如果草不好，它们只顾低头往前跑，去找它们可吃的好草，拦都拦不住。他拦了这边的，那边的又跑了，他忙喊张玉玲去拦，扔土坷垃砸它们，跑起来去拦截它们。可不管咋样拦都弄不住，只有肥美的好草才能留住它们。正当他忙乱得焦头烂额时接到了老五的电话，他不由得把火发给了弟弟：“还让不让人活了？一群牲口，让人一刻不得安稳。这又冒出一个痴呆先人，我真正没法儿管了，想咋样就咋样吧。”

任万全说：“三哥，你这是说的啥话，难道老先人还不如你那一群牲口吗？你们一个个都推托，谁家没有个事啊！太阳从家家门上都过呢！”

任万忠说：“老五，你也别发火，我是实在顾不上管老先人。要不我掏钱，你雇人伺候吧。”

任万全说：“要能雇人伺候，我还用费这么多事吗？关键是我们两个都得去吃席，家里没人，雇人伺候能放心吗？”

任万忠说：“不是我不管，是实在顾不上，你再想想其他办法吧。”

任万全早就料到了他会这样,现在到底还是被证实了。

他对这个三哥没好感。他亲眼看到三哥往育肥草料里拌尿素,把那些牛羊个个喂得膘肥体壮,到春节前全部宰杀卖掉。他觉得三哥做这事真是伤天害理。现在的人整天吃农药、化肥催生的动植物,什么怪病都得,就是三哥这样自私贪婪的人干缺德事,残害了人们的身体健康。

八

他本来不想给老四任万孝打电话的,打也是白打。但最终他还是打了。他觉得即便不得不把父亲往姐姐家送,也得让他们都知道一下,免得以后他们既不愿管还说便宜话。也只有这样,才能看出人心,看出他们是否有那份真情。

果不其然,任万孝说:"你可找对家了,你这不是给我添堵吗?我和你嫂子每天两头子不见太阳,晚上回去才能吃上饭。如果我把老先人接来,谁来管呢?我不是说你,你根本就没有必要两口子一起去吃席。是吃席重要还是老先人重要?哪个轻哪个重,你该能分清啊!"

任万全说:"我当然能分清。可是我把父母管了三十多年,让你们管几天错了吗?你们不应该管吗?老先人又不是只生了我一个儿子,难道你们是从石头缝里蹦出来的吗?"

任万孝不高兴地说:"老五,你话不要说得那么难听,老先人的家产你得了,你不管谁管?"

任万全气愤地说:"老先人有什么家产,就那么三间烂房子还在地上闲搁着,你要你拿去,我再给你两万块钱,你把老先人接去,咋样?你们几家,谁接都行。你不要不管老先人还说便宜话,站着说话腰不疼。”

任万孝说:“老先人现在这个样子,别说你出两万块,就是出三万也没人会接。现在的人,谁家缺那几个钱啊!”

任万全说:“我知道你们几家一家比一家有钱,可你们也不想想,你们一个个生命都是从哪来的。没有老先人,能有你们的今天吗?”

任万孝被问住了,过了好一会儿才说:“我们应该管,可也得有时间啊!老先人生活不能自理,就是住到我们家,又咋个管法呢?不是我狠心,是真没法儿管。”

任万全说:“就几天,行吗?顶多管四天,我就回来了。”

任万孝说:“老五,真的不行。现在我们两口子恨不得分成四个人用,哪还能抽出时间管老先人。要真没办法,你让姐管几天吧。我们忙得实在是没时间管老先人了。”说完,那边的电话便挂断了。

任万孝的确很忙,他种了一百多亩地,而且种得很杂。现在正是秋收季节,白天的时光又很短,一天干不上多少活,天便黑了。再者,秋季多雨,下一场雨天气就会凉很多。庄稼人在收获季节都争分夺秒地赶时间,除非有重要事情才会停下地里的活。甚至没时间吃中午饭,只有等晚上消停了才腾出手来弄吃的。

任万全能够体谅和理解老四,他的确有一定的难处。

九

姐姐任万珍倒是一口答应了下来，只是提出：家里房子太小，没地方住，要管，只能自己到任万全家来管几天。

任万全想：这样更好，姐姐来既管了父亲，又照看了家，真是两全其美。再者，叶儿有姑妈陪伴，他更放心。

任万珍在家排行老二，已六十出头了。按理说，她这个岁数都应该由儿女来照顾了，可现在还得来照顾她年迈的父亲，说真的，她的体力和精力都已经有些跟不上了。可是父亲健在，儿女不照顾谁来照顾呢？

有时，任万全觉得父亲这么活着是一种残忍的受罪，毫无生活质量可言。除了一天三顿饭，在吃饭的房间排泄大小便，其余时间就是痴呆地盯着一个地方望。二十多平方米的空间里，充满尿臊味、粪便味、体味和一种说不清的怪味。王淑贤每天都要给他打扫一次房间，用84消毒液拖地，可无论怎样做，都无法去掉房间里那股难闻的令人闭气的怪味。

任万全非常讨厌和反感那种难闻的令人作呕的气味，他不时在心里埋怨父亲：好好的一间屋子，被作践得臭气熏天，就不能多走几步路，把大小便排在厕所吗？在房间里又吃又住又拉，不觉得难受吗？他说过父亲，而且不止一次，可没起到任何作用。他每天要给父亲送三次饭，往炉子里添几次煤。有时进去，父亲正在门后往水桶里撒尿。父亲不管有没有人，该小便就小便，该大便就大便，即使王淑贤正给他打扫房间，他也不避讳。

为了避免尴尬，王淑贤每天除打扫卫生，很少进公公的房间。她时常埋怨说:"你先人咋么把人活成了这样,一点都不讲卫生,一点羞耻感都没有。"

任万全只好说:"老先人脑子不行了,看他的表现和行为,痴呆得厉害,傻了,谁的话也不听,把我的话全当耳旁风了。唉,我以后老了也会是这样吗?"

王淑贤说:"是啊,谁都有老的那一天,我们老了,肯定也是这样的。"

任万全说:"说不定还不如老先人呢!老先人还有我们精心伺候着,我们到时候有没有人管,谁知道呢。"

十

任万珍是在王淑贤走的那天去弟弟家的。任万全因为要参加一个会议,提前一天坐公交车走了。

大姑姐来的时候,王淑贤已收拾停当,正在等王涛的车。事先跟大姑姐约定的时间是上午,大姑姐一来,她就可以坐女婿的车走了。

任万珍是早上十一点赶到的。她一来,便去父亲的房间看父亲。刚出门,又急急地返了回来,喊道:"不得了啦,老先人把屎屙得到处都是,这可咋办呢?"

王淑贤一听,赶忙脱了刚换上身的新衣服,走进了公公的房间。只见地上到处都是粪便,房中那一点窄小的地面,快被粪便糊满了。公公的裤子上、鞋上也糊上了。她不由得责怪公公:"那不是坐便器吗,怎么不用?怎么屙得到处都是的!"

老爷子左手拿着火铲,右手拿着火钩,正在收拾残局。他不收拾还好，这一收拾，反而把那一点窄小的地面弄得无处下脚了。

任万珍焦急地站在门口，不知如何处理，两眼望着王淑贤。

王淑贤给公公脱了鞋、袜子、裤子，吩咐大姑姐："把那个房子的暖瓶拿来。"然后麻利地拉出火炉抽屉，倒出一些灰盖在粪便上，拿笤帚把粪便清扫干净，又用拖把把地拖了两遍。

任万珍把那个大塑料盆拿进来，倒进凉水，再加热水，用手试试温度，感到合适了，对王淑贤说："水好了。"

王淑贤说："你把大扶住，我来给他洗。"

任万珍扶住父亲，把他的脚放入水盆，王淑贤便蹲下身子开始给公公擦洗。她掬起水，冲洗着公公腿上的粪便。洗净后用毛巾擦干，给他换了干净的线裤，而后换了盆中的水，将换下来的裤子泡进盆里。

这时，王涛和雪儿来了。

任万珍说："淑贤，你走吧，路还远着呢，换下的衣服我洗。"

王淑贤说："我们是得赶路了，家里就交给姐姐了。"

任万珍说："走吧。老先人别的事我倒不担心，我最怕的就是屙了。像刚才，我真不知道该咋样处理。"

王淑贤说："老先人也不是天天这样，只是偶尔有这么一回。这段时间，还没有出现过这种失控的事呢！"

但任万珍还是有点担心。四五天呢，谁能预测将会发生什么事。

十一

任万全开了四天会，中间参加了亲家的请东宴、婚宴，便匆匆赶了回来。本来他是第二天早上回，可他牵挂家里，会议一结束便赶了最后一班车。

回到家，一切尚好。

叶儿说："你和我妈一走，这几天我爷也不睡觉了，每天要往这个房间跑几趟。看来他并不是老年痴呆，他在看你们啊！我爷的脑子好用着呢。"

任万全说："是吗？"

任万珍说："就是这样的。你别看老先人不说话，心里敞亮着呢。他一天问我几次，尽管一句话都听不清，可从他的表情我能看出，他是在问你们。老先人一直在牵挂着你们呐！"

说话间，父亲开门进了屋。他不知是由于腿软还是激动，脚刚迈过门槛，便一个前扑栽倒了。

任万全赶忙上前搀扶起父亲，扶他坐到椅子上，检查着他的手、胳膊、腿，见没有摔伤，才放了心。

他发现父亲的眼睛此时意外地闪现出亮光，这是他近几年来不曾见到的。而且，他还注意到，父亲眼中的亮光竟然持续了几秒钟，而后那闪动的亮光便慢慢变得模糊、湿润，把那股亮光淹没在了一片模糊的混沌之中。

他明显感到父亲有点激动，不再像平时那样呆呆地坐在那里一动不动。父亲两只手抓住椅子的扶手，身子微微晃动着，像要随时站起来。但很久，只是动着身子，却并没有站起来。

父亲看到自己后发自本能的这些举动,饱含着亲情、信任和一种深深的依赖。那是五十多年父子朝夕相处、共同生活所产生的心理默契,是父子相依为命达成的共识。他读懂了父亲,理解了父亲在老年痴呆后还依然那样信任他、依赖他的那颗苍老的心。

他突然觉得,让父亲幸福地走完他艰难而曲折的人生之路,在生命的最后体面地告别人生,是自己不可推卸的责任。

任万全掰了一根刚带回来的香蕉,剥了皮,递给父亲,并亲切地喊了声:"大,吃香蕉。"

父亲笨拙地伸出手,接过香蕉,费劲地咬了一口。

十二

王淑贤没有随任万全回来,也没有随雪儿、王涛回来。去省城抓药看病,医生检查出她咽喉发炎,得扎几天针。她只好住在妹妹淑珍家,每天去医院扎针。

雪儿和王涛等不住,便先回了。

她在淑珍家一住就是十天,每天熬药、喝药,把抓下的十服药喝了七服,只好等下周六再去抓药,然后回家。给她看病的老中医是专家,只在周六和周日下午开门坐诊,看病的人排成了长龙,有时到晚上十一点才能抓上药。她每次到省城看一次病抓一次药都相当困难,得淑珍陪着她,两个人换着排队才行。她只好听淑珍劝,多住了几天。

自结婚以来,她从没离开过家这么长时间,这次却狠下心在淑珍家住了十天。其实这些天她的内心一直处于焦虑之中,担心家里，担心丈夫和公公，还有挺着大肚子的叶儿。

任万全不会做饭。她无法想象祖孙三辈这几天是怎么过的。王淑贤几次要回，淑珍却态度强硬地说："那个家没你照样过。三十多年了，你被绑在那个家，耗尽了自己的青春，你得到了什么？除了一身的病，还是一身的病。你的身体成了这样，全是被那个家拖累的。这次你就安心地住下喝药、扎针，也好好地休息几天。你再这么累下去，身体会彻底垮掉的。"

王淑贤说："你虽然说得在理，可我哪能安下心呐！你姐夫要会做饭倒也罢了。家里扔下他们三个，我确实放心不下。"

十三

任万珍是接到几个电话后赶回家的。本来她想等王淑贤回来再走，可丈夫顾民说家里要装修房屋，过几天要来远方的客人，一个人忙不过来。儿子顾红军来电话说小叔的儿子要娶媳妇，让过去帮忙。她只好把父亲扔给任万全，让顾红军接自己回家。

走时，她对任万全说："家里有些事，我回去一下。"

任万全只好说："有事就先回去吧。"

任万珍对父亲说："大，家里有些事，我先回去了。"

父亲似乎听懂了她的意思，费劲地抬起手臂，挥动着手，那姿势就像挥手往外撵她，她不由得感到一阵心酸。没想到给父亲做了五天饭，伺候了父亲五天，竟没给父亲留下什么好印象，她感到自己这个做女儿的很是失败。人都说女儿是父母的小棉袄，她却没有使父亲感到温暖。也许，她这个做女儿的离父亲的期望还有很大的一段距离吧。她内心感到深深的不安。

她忍住心酸的泪，不敢回头再望父亲一眼。那种失落在逐渐地加剧，像一把利剑刺得她内心疼痛。大，女儿对不起你，在你最需要我的时候选择了离开。原谅女儿吧！任万珍在心里默默地对父亲说道。

任万珍走后，叶儿便说："你们走的那天，我姑妈做的饭我爷就没吃，全部倒进垃圾桶了。我也只吃了几口。姑妈和的面太硬，我爷咬不动。这几天我爷就没咋吃饭，腿软得都站不稳了。"

任万全明白了，怪不得父亲一进门就摔了一跤，原来是营养跟不上，腿上自然就没劲了。

他知道父亲吃饭很挑剔，剩饭不吃，酸菜、咸菜不吃，饭稍微差点不合他的口味也不吃。他只喜欢吃王淑贤做下的饭。有几次他进去收碗，看到父亲正把碗中的饭菜往火炉里倒。没挑开炉盖，结果倒得满炉盖子都是，那些油腻的食物"呲呲"响着，散发出一股难闻的焦煳味。他生气地大声说："不吃就剩在碗里，倒到炉盖子上干啥？"

父亲呆呆地望着他，像犯了错的孩子，眼中透出一丝慌乱的惊惧。

任万全放缓了语气，温和地说："再不要往炉盖子上倒了，炉子把你烫伤了咋办？"

父亲似懂非懂地望着他，脸上毫无表情。

任万全摇头叹息着，收了空碗出去了。

父亲根本没记性，下次还是照样把饭倒在炉盖子上。

叶儿说："我昨天量了血压，血压有些低。再这样下去，几天就成贫血了。唉，我妈一走，连顿好饭也吃不上了。"

任万全说："你妈还得几天，这几天还得将就。想吃好饭，只有等你妈回来了。"

叶儿说："那也只好将就了呗！"

十四

家中只有他和他，还有她。

叶儿每天早晨来，晚上回自己家。她无人照顾，在娘家待了几个月了。她以前有流产史，所以这次怀孕就格外小心注意。

王淑贤啥活都不让她干，别说做饭，就连碗都不让她洗。她准备把叶儿一直照顾到把孩子生下来。

家里现在已乱套了。每天，任万全去单位报个到，看没什么重要事，瞅个空子就悄悄地赶回家。家里有父亲和叶儿，这一老一小两个都不能让他放心。他回家看没什么事，就又赶回单位。如果遇上父亲屙了，他必须马上处理，便无法赶回单位。好在单位也没什么具体的事情需要他这样一位老同志干。再者，他在单位人缘很好，现如今遇上了照顾父亲和女儿的特殊情况，同事们都很理解和同情，对他频繁离岗也没人说什么闲话。

但中午饭着实让他头疼和犯难。他不会和面，只能去切面店买成品面，或拉面、切刀子之类的，随便炒个菜，把面一下，既方便又省事。只是饭菜的味道就很难说了，反正父亲和叶儿也无法挑剔，他就这么个水平，不吃，只好挨饿。

任万全一天的工作量猛地加大了一倍多。除上班外，他得买菜、买面、做饭、洗碗，给父亲端饭、生火、倒大小便。本来是两个人的活，猛然由他一个人干，一下子使他忙乱不堪，毫无头绪。

最让他操心的还是父亲。他得时时去父亲的房间看看父亲在干什么。父亲的房间生着炉火，他怕他被煤烟熏下，怕他栽倒在火炉上烫伤，还怕他摔倒。而且父亲现在行为怪异得很，谁知道他下一刻会做出什么超乎常人的“壮举”。

他让父亲房间的灯通宵亮着，以便从窗玻璃就能看到父亲是否在睡觉，被子盖好了没有，炉盖子是否盖好。如果发现或感觉有一丝不对的地方，他马上推门进去，处理遇到的各种问题。

晚上任万全要起来一两次，到父亲的房外透过窗玻璃向里边看一下。有时，父亲睡昏了，弯曲着身子，横躺在床上。有时，父亲没盖被子，光身子躺着。他把父亲安顿好，看着父亲睡安稳了，他才能安心地回屋睡觉。

十五

任万珍走后就再没来。她当时说等家里事情忙完了就来照顾父亲，等王淑贤回来了她再回家。几天过去了，任万珍一直没有兑现承诺。

此时任万全真心盼姐姐能来帮他一把，或者是妻子能尽快地赶回来。可是他既盼不来姐姐，也等不来妻子，整个家还得他独自支撑。有时忙烦了忙躁了，他会不由得抱怨命运的不公。父母生养了他们兄弟姊妹六个，凭什么让他一个人独自赡养父母？其他兄长就不该分担一点吗？他们一个个腰缠万贯，在人前人模狗样，大把大把地挣钱，大把大把地挥霍，却舍不得为父亲花一个子儿。他们在麻将桌上一坐几小时、一整天，却抽不出一点点时间看父亲一眼。他们真有这么忙吗？再忙，也不可能抽不出一两个小时的时间来看父亲。忙，只不过是他们的理由和借口，而这个理由和借口荒唐得连一个三岁小孩都骗不住，更骗不了任万全。

十六

任万礼在镇上办了个地膜厂，剪彩开张，打电话邀请了老五任万全。

任万全尽管乱事缠身，可大哥办厂是大事，也是喜事，不去有驳大哥面子，便叫上王涛开车拉上父亲欣然前往。

任万全没去厂子参加剪彩仪式，而是直接去了镇上的好运来餐厅。

餐厅门前停满了各色各样的小车，任家礼、义、忠、孝四兄弟站在门口接待客人。四兄弟衣着光鲜，满面红光，春风得意，正笑容满面地往餐厅让着来客。

王涛把车停在餐厅门口，任万全下了车。他顺手拉开后车门，把父亲从车里抱了下来。

任万礼笑嘻嘻地急忙赶过来，热情地抱住了父亲，亲切地说：“大来了，真是太好了。”

任万义也赶上前去，搀扶着父亲的胳膊，赔着笑脸，用亲切动人的声音叫道：“大来了，快进餐厅。”

任万忠和任万孝也不甘落后，扔下正在接待的客人，一起走上前去，一边一个，搀着父亲往餐厅走。

餐厅门口围满了客人，厅内更是人潮涌动。看阵势，任万礼请的客人不下五十桌。

任家四兄弟在几百双眼睛的注视下，像众星捧月一般簇拥着父亲进了餐厅。

任万珍在餐厅门口悄悄地对任万全说："你咋把大也拉来了？这个餐厅没有卫生间，厕所离这很远，他大小便可不方便。"

任万全不高兴地白了姐姐一眼，带着情绪说："没办法，淑贤没回来，把大扔在家我不放心，只好我走哪把他带到哪了。"

任万珍问："淑贤还没回来吗？"

任万全说："还没有。喉咙发炎，在扎针呢。"

任万珍说："我本想再过去给你们做几天饭，家里一忙，就抽不开身了。"

任万全微微一笑，意味深长地说："噢，是吗？"

任万珍自讨没趣，悻悻地进了餐厅。

任万全来晚了，前厅的二十张桌子客人已坐满，找不到一把空椅子，一时不知让父亲待在哪好。还是老大任万礼有办法，他让任家的小辈让出一桌，让他们下一批再坐。那些小的虽不情愿，但看到爷爷来了，便一个个离开了桌子。

任万礼安排父亲跟任家的弟兄、媳妇、女儿、女婿坐了一桌，里面就缺王淑贤，其他人都到齐了。

任万礼和孙秀萍忙着招呼客人没有入席。王涛不愿意和家人分开坐，只好给他加了一个小圆凳，这样一桌坐了十一个人。一家人其乐融融地坐在了一起。

父亲的脸上显出惊慌之色。他很久没有见过这种大场面了，除了任家自己过事和至亲过事他去参加，他是极少到餐厅去吃席的。像现在这种宾朋满座、人声喧哗、音乐震耳、乱哄哄的热闹场面，真吓着他了。他呆呆地望着，慢慢平息着内心的不安。

望了一会儿，他渐渐平静下来，转过头，望着围在自己身边的这些人。

他惊疑地用呆滞的眼睛看看这个，望望那个，望着一个个既熟悉又陌生的面孔，努力在记忆中搜寻着。他怎么也想不起来这些和他儿子任万全一起喊他“大”的都是些什么人。这些人和他有关系吗？和他曾经认识和交往过吗？他们脸上都带着强装出的比哭还难看的笑；他们一个个张着嘴，露出一排排牙齿，在抢着和他说话。他们努力地逗着让他随着他们开心地笑，以分享他们的快乐与幸福。突然，他像受到了什么刺激，浑身抖动起来，竟越抖越激烈，控制不住地把那泡憋了许久的尿排了出来。

餐厅服务员开始上菜。她们上菜的速度很快，一家人快活地吃喝起来。每上一道热菜，儿子和儿媳妇便往父亲的小吃盘里搛一筷子菜，嘴里亲热地喊着：“大，吃菜。”把父亲的小吃盘搛得满满的，场面热烈而让人感动，吸引来邻座不少吃席人羡慕的目光。

父亲的嗓子“呼哧、呼哧”喘着，像有一块痰堵在了喉咙，既吐不出来，也咽不下去，看着那一小盘诱人的饭菜，呆呆地不动筷子。

任万全给父亲搛了烧条子肉，他也不吃。平时父亲是吃一些肉的，今天不知是怎么了。

任万全只好给他盛了一碗三鲜汤，汤里泡了一片馍，父亲便吃起来。许是吃得急了，父亲呛住了，突然“阿嚏”一声很响亮地打了一个喷嚏，一嘴还没咽完的馍馍喷在了桌面的菜上，两筒鼻涕随着响亮的声音流了下来，眼泪也流了出来，顺着脸颊往下淌。

父亲打喷嚏的声音太响亮了，盖住了餐厅所有的嘈杂声，引来了许多人的目光。

任家三个儿媳妇像被电打了似的同时站了起来，本能地做出一副想要逃跑的样子。她们不知该咋办，呆呆地站在那里发愣。所有人把目光集中在了父亲的脸上……

任万全赶忙拿起餐巾纸替父亲擦了鼻涕和眼泪。往下扔纸的时候，他看到父亲的裤裆处被洇湿了一大片。他有点奇怪：父亲可从来没有尿过裤裆，今天这是咋了？是见到自己的儿女太激动了吗？

任万全急急地说："大把裤子尿湿了，没给他带裤子，这可咋办？"

没有人回答。

任万全问："周围商店有没有卖棉裤的？"

任万忠说："没有，只有线裤。"

任万全说："线裤也行，总比湿裤子强。"

任万忠说："可买来了线裤在哪给大换呢？"

任万全说："去卫生间换吧。"

任万忠说："这个餐厅没有卫生间。厕所在院子里，还远着呢。这么冷的天，在厕所怎么换？"

任万全说："你们几家都在附近，要不让大先去你们那待几天，等淑贤回来，我再接走？"

任家兄弟几个互相望了一眼。

任万义说："老三、老四，我看这样也行呢。老五一个人管个老的，再管个大肚子叶儿，又得上班，也确实挺难的。你们几家都忙，这我知道。要不就一家管一天，我没法儿管可以出钱。这样，也能把眼前的难关渡过了。”

任万忠把眼光投向张玉玲，似乎在征求老婆的意见。

张玉玲望望刘静和包燕，为难地说：“我们几家都兵顾不了将的，忙得连饭都吃不到嘴里，哪有时间管老先人啊！”

包燕说：“是啊，不是我们不管，是忙得确实顾不上。”

任万忠说：“那让老四先管。现在地里庄稼都收完了，也该闲下来了。我等这几天忙完了再管。”

任万孝说：“二哥、三哥说得也对。可是现在是我一年中最忙的时期，辛苦一年的庄稼不能扔掉。我脱下的三十亩地的葫芦籽还没有晒干，每天早晨摊开，晚上攒堆，在三家场上晒着，得挨个儿翻晒几遍，哪能腾出时间啊！要不，你们给大哥说说，让他先管上两天。就这样，从老大轮，一家一天，再忙也得管，谁也不能推辞。”

任万义说：“老大的厂子刚开业，他比你们还忙，不是白说吗？”

兄弟几个面面相觑，把目光同时投向了任家唯一的女儿。

任万珍说：“都别看我。我想管，可让老先人住哪？”

任万忠说：“姐，你这两天不是收拾出来了一间屋子吗？”

任万珍说：“侄儿子要娶媳妇，顾家来的远亲没处住，你姐夫收拾出来让顾家人住呢。”

顾民脸上挂不住，大气地说：“让大住我没意见。老先人实在没人管，我这个当女婿的管。”

任万孝听了这话有些气愤地说：“姐夫，说话不要带刺，谁不管了？我们五个儿子呢，哪能轮到你？”

顾民说：“我也觉得轮不到我。任家五兄弟在方圆百十里赫赫有名,哪个不知?谁个不晓?可光名声大顶屁用!”

任万孝火了:“姐夫,你是不是越说越来劲了!任家把你咋了?说话不要损人!”

顾民这时也提高了声音:“今天人多,我给你留个面子。就凭你们做下的事,有资格跟我这样说话吗?”

任万孝用手指着顾民,凶巴巴地说:“你今天是不是故意跟我过不去?!”

顾民也火了:“我就跟你过不去,咋了?你这样的儿子,还算人吗?”

两人都喝了酒,忍不住往跟前扑,眼见就要动手了。

任万全猛然喝了一声:“你们想干啥?”

餐厅的人一齐转过头望着他们,交头接耳,悄悄议论着。

父亲颤颤巍巍地站起来,用右手猛地推过椅子,跌跌撞撞地要往外走。

任家的儿子全都站了起来,那几个儿媳妇一直站着就没坐。

任万珍急急地说:“大,你还没吃呢,着急地走什么呢?”

父亲谁也不望,自顾自地向门口走去。

任万义站起身拦住父亲:“大,你要干啥?”

父亲只是望着餐厅门,试图挣脱拉他的手。

任万义说:“大,先别走,我们正在商量怎样管你,你咋就生气了呢?放心,你五个儿子呢,一定会把你管得好好的。来,你先坐下吃饭,我去买线裤。”

父亲始终保持着一种走的姿势,不坐也不吃。

任万忠说:“老先人,你怕什么,我们虽然忙得顾不上,但可以出钱请高级保姆伺候你。”

张玉玲狠狠瞪了自己男人一眼。

任万孝说:“出钱雇保姆,我也同意这样做。但是今天这种场合,不是商量这事的时候,等哪天闲了,我们兄弟几个再商量。”

包燕果断地说:“这事没得商量。我们一个种地的,哪能出得起那份钱啊!”

任万礼看到家人的这桌闹哄哄的,赶了过来,凶巴巴地说:“不嫌丢人吗?我今天过事情,自己人却在闹事情,这不打我的脸吗?”

任万义说:“没人闹事情,是老先人要走,大家在劝呢。”

任万礼说:“老先人又犯啥病了,好好的席不吃,走什么!”

父亲不听他的,挣脱任万义的手,径直往门口走。

任万礼气愤地说:“放开,让他走。我把他咋了?有啥事咱们可以慢慢说,他也不能在我过事的时候扫摊子。”

任万全说:“大哥,说话留点口德,老先人只是要回家,扫你啥摊子了?”

任万礼恨恨地说:“你们这些人,没有一个给我长脸的。在这种场合争得脸红脖子粗,像什么话,不嫌丢人吗?老五,事情都是你惹出来的!”

任万全也火了,愤愤地说:“我惹啥事了?你不管老先人,倒指责起我来了?你说,你对老先人尽过孝吗?你这个当老大的带的是啥头呀?你把老先人扔给我就不管了,你就没有一点责任和义务吗?还堂堂的大老板、企业家,你挣了上千万资产,给老先人花过多少呢?”

任万礼的脸涨红起来,由红变紫,最后变成了猪肝色。他狠狠地瞪着弟弟，目露凶光，竟一时语塞说不出一句话来。

任万义劝解道："好了，别在这么多人面前丢人现眼了。说话得讲良心，老五并没有错。"

任万礼仍旧气得"呼哧、呼哧"的。

任万全长叹了一口气，摇摇头，跟着父亲往外走。

王涛把爷爷抱上车。

任万全坐在父亲身边，对王涛说："走吧。"他再没有望哥哥、姐姐一眼，两眼忍着泪水，把目光投向了远方。

田野一片萧瑟，空阔而悠远。地里的庄稼已收完了，只是偶尔看到有人在平整土地。庄稼人所谓的忙就是有永远干不完的活，是自己给自己找活干，自己跟自己过不去。只有等落雪了，他们的心才能静下来、闲下来。心静、心闲，人才能随之闲下来，安静地待在房间，享受冬日的悠闲时光。

任家一家人站在餐厅门口的台阶上，默默地注视着父亲离去，像失去了什么，内心空落落的不是滋味。一时，谁也不说话，感到有一种无以言表的沉重。

任万礼埋怨说："老五也真是的，吃席把老先人带来干啥？好好的一桌席，硬让老先人搅和了。"

任万义问："还吃吗？"

刘静说："那菜还咋么吃？我们回！"

任万忠说："我还忙着呢，先走了。"说着就和张玉玲一起走了。

任万孝对包燕说："我们也走吧。"

任万珍突然拉着哭声说："我真不是人啊！我把老先人的心伤了。我们这些儿女太不像话了，亏了老五和淑贤。我们没有尽到自己的孝心啊!”然后泪流满面地也回了家。

酒席刚吃了一半,还有许多菜正在陆续往上端呢,可是任家一家人已没有心情和脸面再吃下去,就先散了席各自回家了。

任万全被气昏了头,直到现在,他才真正看清了任家兄弟的嘴脸。他们还不如姐夫顾民!他们说一套做一套,吃肉喝酒有时间,管自己的牲畜有时间,唯独没有时间管自己的生身父亲。他们置自己亲老子的生死于不顾,已经完全泯灭了为人为子的良知。

任万全真想把这些哥哥送上法庭,让他们受到应有的惩罚。但他又想,父亲能希望兄弟之间成这样吗?躺在黄土下的母亲希望看到亲兄弟反目成仇吗?那绝对不是活着的父亲和死去的母亲所希望看到的。

人啊,做任何事情不要亏了良心。人在做天在看,善恶终有报,只是那一天来得迟或早而已。这样一想,任万全心中的怨气一下消散了许多。

十七

家里还是老样子,只是变得更加繁忙和脏乱。

任万全忙得焦头烂额、头昏脑涨,整天闷闷不乐。他想逃离这个家,去一个很远的地方,找一个清静的去处,安静地休养几天。他想把父亲送到任万礼家或者任万忠、任万孝家,从此再不过问,父亲的生与死、荣与辱都由他的那些儿子定夺。他想彻底地得到精神解脱,让自己也轻松自在地活一次人,过一下清静的二人世界。自结婚以来,他和王淑贤还从来没有清静悠闲地度过只属于他们两人的甜蜜时光呢！他想发泄，醉一次酒，麻痹自己的神经。

他产生了许多稀奇古怪的念头，每一种念头都是让自己得到解脱。可是他知道他不能，不然的话，他和他那些哥哥还有何区别？他感到心中的郁闷和痛苦无以排解。

玲玲和雪儿看到父亲心情郁闷，情绪低落，有时会抽空回家做一次中午饭。实在顾不上了，就让任强或王涛从饭馆买一份椒麻鸡或炒面。

任万全并没有愉快起来。任强和玲玲都在上班，还有旦旦要照顾。雪儿也在上班，还得管小甜甜，王涛修车有时也忙得顾不上吃饭。现在，他不但自己忙，还拖累得儿子和女儿两个小家庭不得安生。这时他才猛然明白，这种忙乱全是因为王淑贤不在家。从前那种安逸、宁静、祥和的生活，都有赖于王淑贤的那双手和她全身心的辛勤付出啊！

任万全一直没给王淑贤打电话、发信息，他有点生妻子的气。别人不理解他，给他气受，他可以忍受，可难道连自己的妻子也不理解他吗？扔下一个痴呆老人、一个孕妇、一个不会做饭的丈夫，这个家她真的不要了吗？

王淑贤几天没有接到丈夫的电话和信息，感到很意外。以前，她去省城抓药，不论一天或是两天，他每天都要打一两个电话，或者和她微信聊天。可这次，开始那几天还给她打电话或和她微信聊天，说些逗她的肉麻话，给她发些想她的图片或一颗心、一束玫瑰花，引发她的思家之情，表达珍贵的夫妻情分，可后来这几天，不知为什么就彻底断了音信。

其实她早想回家帮丈夫料理那些无休止的家务，好让他安心地上班。可她几次要回去,都遭到了妹妹淑珍的强烈反对。

王淑珍说:“你就安稳地在这住段时间,好好休息一下,我就不相信那个家离开你还不过了。”

王淑贤说:“你也知道你姐夫不会做饭,他确实挺难的。”

王淑珍说:“我姐夫太善良、太软弱,在任家弟兄面前连一句大话都不敢说。老爷子又不是只生了他一个,他要当孝子,就让他受一下,也让他体验一下做饭干家务的难处,让他知道知道你在那个家的作用。你就安心地好好看病,你一旦病倒了,谁管你,疼痛不还得自己受?记住,谁好都不如自己有个好身体。”

王淑贤犹豫着说:“可是——”

王淑珍打断她的话,态度强硬地说:“这次你就听我的,把那个烂家扔一扔。”

王淑贤只好又待了下来。

她对那个家已经没有从前那么依恋了。自从嫁到任家,她便挑起了生活的重担,和丈夫一起苦心经营。三十多年来,她伺候公婆,哺育孩子,为那个家付出了自己的全部心血,到现在落下了一身的病。

以往的经历给她留下了许多难以愈合的伤口,让她感到痛心和难以忘记。她在任家下的苦、受的累,是她不忍回忆的。那逝去的岁月,难忘的记忆,很多时候就像电影中的慢镜头,一幕幕清晰地展现在她的眼前。

这些年,她深深地感到劳累和无助,感到力不从心。一大家子七口人,吃喝拉撒都得由她操心;一日三餐,她得按时做;洗衣服,收拾房间……她整个人被长年累月的家务琐事累垮了。直到她无力再扛下去,才去医院看病。一检查,便查出了许多病。

从此，她再也无法离开药瓶子和药罐子，每天不是喝中药就是吃西药，让她失去了人生信念。

王淑珍说："你现在又苦又累又操心，心静不下来，怎么治你的病？你只有内心平静了，再加上药物调理，病情才能逐渐减轻，不然再这样下去，你的精神会崩溃的。"

王淑贤当然知道自己的身体状况，她已经对自己的病能否治愈不抱希望了。她现在最惦记的就是公公没人管。她此次到省城治病抓药住在妹妹家这么久，会让任家人抓了话柄，背后说她是借抓药在省城避轻闲的。她觉得自己的担心绝不是多余，现在丈夫对自己的态度就已经很能说明问题了。她给妹妹讲了自己的顾虑，坚持要回。

王淑珍一下发火了，愤愤不平地说："凭啥？公婆又没生你，为什么他们的亲生儿女都不管，非得你来管。你管，是看姐夫的面子和感情在尽妻子的义务行孝，那是你的善心和善举，但绝不是你非做不可的事情。你公婆亲生的儿女都不孝敬父母，却让一个嫁入任家的外姓儿媳妇去行孝，那些做儿女的难道不觉得害臊吗？任家人对你这个一直孝敬公婆的弟妻家又是如何对待的呢？这家人，你那些大伯哥，真令人寒心！"

这番话，妹妹说得一针见血。她向来逆来顺受，从来没有为自己考虑过。更让王淑贤感到心寒的是，从来没有任何人替她分担过一点，包括丈夫。任万全理解她吗？只不过几天，他就对自己产生了怨恨。王淑贤这才猛然发现，怎么自己还没向任家讨回公道呢，反而现在变成了是自己对不住任家了？

十八

父亲越来越难伺候了，他做的饭根本不合父亲的口味。他制止任强和王涛再从饭馆买饭。那得花费多少钱啊！小家庭才刚起步，他不希望把孩子们拖垮。可父亲的嘴太刁，他每次进父亲的房间收碗，都见炉盖子上倒着饭和菜。

父亲开始作践人了。很明显，这种行为是故意的。他一而再，再而三地那样做，显然是在向他使气和抗议。

父亲的房间已被他自己作践得脏乱不堪。任万全不明白他一个人住一间房怎么会脏得那么快。王淑贤不在，他没时间去收拾，只好任由它一天比一天地脏下去。

叶儿也一天天地消瘦下来。任万全毕竟是初学做饭，手艺尚处于初级阶段，饭菜往往不是咸了就是淡了，父亲和叶儿吃得索然无味，只好勉强吃点，每天中午都剩饭。

家里没有合口的晚饭，叶儿就在街上的小摊随便吃些什么，胡乱将就一下，一天便应付过去了。可父亲不能将就，他每天必须按时吃饭。而且，父亲从来不吃剩饭。他只好给父亲冲奶粉泡馍馍，或者冲黑芝麻糊和燕麦片泡馍馍，自己则去对付那些中午的剩饭。

他的时间都忙在了那些烦琐的家务上，单位的领导虽没有当面批评他，但面部表情上已明显地表现出了对他的不满。还有那些同事，也不像从前了，开始在背后指指点点。

他感到自己的人生很失败，怎么把生活过到了这般光景。如果王淑贤不在妹妹家待这么多天，会这样吗？如果王淑贤当初能够采纳她弟弟的意见，会落到今天这步田地吗？

父亲那次住院，王心强便识透了任家其他兄弟的心。开始他们六个还能排班，两家一天轮流伺候父亲，渐渐，有些人就开始推托有事，赶不上趟了。最后，完全由任万全、王淑贤接替了护理上的事。因为父亲瘫在床上，挂着点滴，一只手的指头套着心脏监测仪，必须二十四小时守候，陪护人员几乎通宵不能睡觉。

王心强对姐姐说："你公公面临着瘫痪，今后会很难伺候。你自己的身体又这样，怎么管？要不你和我姐夫开个家庭会，商量一下你公公的事。我的建议有三点：一、轮班伺候。二、一家两个月，该谁伺候到谁家。三、进养老院，六家摊钱共同供养。"弟弟的提议被王淑贤全部否决了。

王淑贤坚决地说："你的这几个方案都行不通，那样只能让老先人死得更快些。送养老院更不可能，礼、义、忠、孝、全，五个赫赫有名的儿子，把老先人送进养老院，脸面往哪搁？会让人掉过屁股笑呢。八十多岁的人了，还能活几年？管吧，三十多年都过来了，还在乎这几年吗？"

任万全倒是很赞同小舅子的提议，他也认为王淑贤心脏有病，不能太劳累了。可是既然媳妇都这么说了，他一个当儿子的还有什么好说的？他的内心对王淑贤充满了感激。

任万全觉得自己活得太累了，父亲把他牢牢地拴在身边，使他无法走出去，无法离开这个家。就连朋友约他出去吃饭，他也是匆匆去，匆匆回，时间不能稍长。

有时他也会埋怨王淑贤：都是她大包大揽，没有按照王心强的建议让任家兄弟共同分担，才把一切责任和重担落在了自己肩上。如果当时让大家轮流管，能有今天的局面吗？

任万全在心里默默地计算着日期，盼着王淑贤周六抓完药能尽快赶回来。这段日子，他简直就是熬过来的。他真正地体会到了什么叫度日如年；什么叫叫天天不应，叫地地不灵。

这些天，他没有给王淑贤打电话，也没有接到王淑贤的电话。他感到王淑贤把家扔给他，是要让他亲身体验一下她在任家的生活。她为这个家默默操劳了三十多年，有谁体谅和理解过她的不易，又有谁替她分担过一星半点？没有人，包括自己。这短短的十几天，让他真切地感受到了王淑贤在这个家的重要性。这个家离不开她，离不开这个默默操劳的女人。这个家没有王淑贤，失去了欢乐和生机，失去了朝气和笑声，像一盘散沙，一切都乱了套。

父亲似乎也产生了某种变化。他往这个房间来的次数明显多了，好像在期待着什么。平时，他总是吃过了就睡，不是肚子饿了是不会出他的房间的。可这些天他不知怎么了，一反常态，也不睡觉了，总是走出房间，来到儿子的房间，坐在椅子上，默默地呆望着窗外的天，不知在想些什么。雪儿和叶儿看到爸爸忙得焦头烂额，整天闷闷不乐，便悄悄给母亲打电话，说了家里的情况。可王淑贤似乎也和丈夫拗上了劲，还是不见返回。

周六下午，房门一开，一道亮光闪现进来——王淑贤回来了。

她没吃中午饭便去诊所排队，终于第一个看了病，第一个抓了药。淑珍拉她回家里吃饭，她没去，直接奔北郊客运站坐车赶了回来。

见到儿媳妇，老爷子猛然站了起来，脸上露出灿烂的笑容。那种笑是在他病后第一次出现，笑得坦然、阳光、灿烂，完全是发自内心，充满了孩子般的天真，不掺杂一丝一毫的虚假，让人看了分外开心。老爷子出乎意料地从喉咙里挤出一句:“回来了!”他的话任万全和叶儿都听清了。

王淑贤忙上前扶住公公,让他坐下,笑着说:“我回来了。”

任万全默默接过王淑贤抓回来的一大包草药,把它提在手里。他看到王淑贤掏出手绢在给父亲擦眼泪,万般感慨一起涌聚心头,两汪泪水涌出了眼眶……

野狼谷

一

野狼谷的夜晚是动荡不安的。

每当夜色降临，群狼便聚集在一起，互相撕咬，仰天嗥叫，像有什么重大事情将要发生，或是一场惊心动魄的争斗即将来临。狼们用略有不同、或高或低的嗥叫相呼应，尖厉的声音刺破夜空。寂静的山谷荡起阴森可怖的回声，此起彼伏，震荡山谷，在远山回旋。

北塔站在土坡的制高点观望着家族的每个成员，眼中闪烁出冷峻的寒光。在野狼谷上百只狼中，它是名副其实的狼王。只有它可以向群狼发号施令，也只有它可以主宰狼们的命运。它的眼睛幽暗深邃，蓝中透出一丝幽绿，在夜晚显得特别明亮。它将目光穿过树枝和草丛，投向远处一个角落。那里躲藏着一只狼。一只叫白脸的狼。它正惊恐地望着那群聚集在一起的狼。

二

白脸似乎还没有从白天的惊恐中摆脱出来，躲在一簇草丛后扭过脑袋舔自己身上的伤。它一边用长舌舔着，一边警惕地盯着那群躁动嗥叫的狼，心中充满恐惧、不安和后怕。伤口的疼痛使它的身子不由得微微颤抖起来。

突然间，它感到两束绿莹莹的寒光向它直射过来，把它牢牢地罩在那可怕的绿色光圈里，无法脱离。那两束光形成强大的震慑力，威力无比，直透进它的眼睛，刺进它的心脏，对它形成威胁和重压，使它胆战心惊，无处躲藏。

白脸不由得站起身，借着夜色的隐蔽，后退着躲到一片浓密繁茂的蒿草丛中。透过草丛空隙向站在土坡上的狼王望去，却见狼王还在盯着它，视线根本就没有离开过自己。它赶紧低下脑袋，趴下身子，嘴巴贴着地面，用两只眼睛警惕地望着狼王。其实白脸隐蔽得很好，完全隐没在了草丛里。它在暗处能看到狼王，可狼王却无法看到它。它的担心完全是多余的。但内心的极度紧张让它总觉得自己的一举一动全在狼王的掌控之下，即使自己钻到地下的狼洞里，还依然能看到那两束逼视它的绿光。

它不敢钻进狼洞。狼洞只是它用爪子刨挖的一个不太深的坑，里面窄小得连转身都有点困难，根本没法儿腾挪跳跃，遇到群狼攻击，连一丁点退路都没有。狼们没有一个同情它、帮助它的，它只有孤独地远离这个大家庭，仓皇逃命。

它从没想到会受到群狼的无情攻击。从前，它在狼群中的地位可是非常显赫的，仅次于狼王和北塔二啊！

这种剧变似乎是从中午它袭击主人后开始的。它不知为何竟一跃而起扑向了主人，张开大口就要咬住主人的脖子。自它记事起，它从来都不曾冒犯过主人，对主人毕恭毕敬。是主人扔过来的那只鸡引起的吗？它误以为主人要和它争抢食物，情急之下才对主人下口的。就在它将要咬住主人脖颈的瞬间，突然闪过两道白光，两股凌厉的劲风猛地将它撞开。它尖利的前爪划破主人的衣服，把肩膀抓出几道深沟。鲜红的血涌出来，染红了主人的衣服和脚下的土地。那两股劲风合成一股强大的推力将它推翻在地，没等它弄清怎么回事，便感到身上有无数地方被尖利的牙齿咬伤，浑身一阵刺痛。那种疼已分不出部位，遍布身体的各个地方。慌乱中，它惊恐地向狼王望去，只见狼王正瞪着它。北塔二站在狼王身边，一副凶神恶煞的样子。其余的狼开始轮番攻击它，“嗖”地咬一口便跑。它们的速度快得像闪电，还没等它反应过来，已被咬得遍体鳞伤。

面对突如其来的不利形势，白脸顾不上多想，慌忙忍着剧痛连滚带爬地逃离了狼群。

白脸躲在远处暗自生气。一切都来得这么突然，一切都这么不可思议，它在狼群中的地位没有了，成了一只被狼氏家族抛弃的可怜的狼。

身上的伤口又剧烈地疼痛起来。它扭转脖子，尽力伸长舌头舔舐着那些疼得令它浑身发颤的伤口。可背上的一道伤口，任它怎样变换姿势和角度也无法舔到。

它有些沮丧，放弃了无谓的努力，任由伤口渗着血。它不敢发出一点声音，生怕招来杀身之祸。

夜空又传来一阵响彻山谷的狼嗥。猛然，那群狼迅速散开，从不同方向和角度向白脸隐藏的地方扑来。白脸顿时慌乱起来。群狼将它团团围住，一个个瞪着眼、龇着牙，喉咙中发出“哧、哧”的吼声，伸出前爪，身子后伏，做出准备跃起扑击的攻击动作。猛然，一只灰狼直扑过来，照着白脸的屁股就是一口。它刚扭身反击，另一只小黑狼从另一侧扑过来，又在它的后腿咬了一口。霎时，群狼野性大发，齐扑过来，白脸浑身上下被群狼咬了数十下。

白脸寡不敌众，只得仓皇逃跑。可它无法脱离群狼的包围，只好慌不择路地退到一个小角落，背对着铁栅栏瞪着血红的眼睛，龇出尖利的狼牙，做出一副拼死抗争的姿势，等待群狼的再次进攻。

狼王仰天长嗥一声，群狼顿时像退潮般四散跑开，回到各自的领地。

看到狼们一个个离去，白脸顿时松了口气。钻心的疼痛再次袭来。它在隐蔽处趴卧下来，又开始用长舌自我疗伤。每舔一下，都疼得紧紧缩成一团。它眼里汪满了泪水，痛悔自己犯下的无法饶恕的天大的错。这个致命的大错，让它付出了血的代价。

在野狼谷上百只狼中，它位居第三。除了狼王和北塔二，其余的狼都对它敬畏三分。不承想如今却众叛亲离，连那些平时为它所不屑的小狼都敢对它下口，发起攻击。

然而，这样的日子才仅仅是开始，谁能预测在这漫漫长夜，群狼还会对它发起几次攻击呢？

三

杨长生肩膀上缠着白纱布，手里拿着一根粗铁棍，打开狼圈门，独自一人走进了铁栅栏围着的狼圈。

狼们站在各自的位置，两眼警觉地一眨不眨地望着他，显得焦虑不安。它们盯着他手中的铁棍，观察那根铁棍的最终落点在谁的头上。

那根闪着寒光的铁棍完全遏制了狼们的热情，它们一个个沉默无语，表现得很谨慎。没有一只狼主动跑过来表示亲热，怕他会随时发火，把铁棍打在自己身上，使自己皮开肉绽，心肺俱裂。

白脸远远地躲着杨长生。它顺着圈内的草丛、土坡逃跑，和他始终保持一段很远的距离，不让他靠近。

杨长生高喊一声："白脸！"白脸不应，继续逃着。

杨长生又喊："白脸，你给我站住！"它还是只顾逃。

杨长生在后面快速追它。他手里的铁棍很有分量，在阳光下熠熠生辉。

它彻底激怒了他。如果它不逃，让他打两铁棍，他内心的愤恨也就就此化解了。可它偏偏要逃，让他既狼狈又无奈，心中的火气越燃越旺。

狼们呆呆地望着一逃一追的它和他，警惕地瞪着双眼，生怕主人怒极失控迁怒于自己。这时杨洁站在门口喊："爸，别追了，出来吧。"

杨长生说："我要好好教训一下它！"

杨洁说："爸，你先出来，教训它的事交给我。"

杨长生余怒未消，很不甘心地走了出来。这个白脸，太狡猾了，平时只要轻轻地一叫，它便立刻欢快地跑上前来，用舌头舔他的手、腿，扑上来舔他的身子，对他百般讨好和献媚。可现在，它也许知道自己犯了不可饶恕的错误，怕他惩治，竟对他产生了强烈的敌意，再不像从前那样听话了。

杨长生走出铁栅栏，顺手扔了手中的铁棍，向呆望着他的群狼高声喊:“你们都过来吧。”

狼王和附近的几只狼小跑着围过来,隔着铁栅栏,伸出长舌头,一起去舔他的手。

杨长生的心中有了些许安慰,将手伸进栅栏,疼爱地摸摸这个的头,又摸摸那个的头。

围拢过来的狼极力对他表示亲热,争抢着挤开同伴,够着舔他的手。他抚摸着它们晃动的脑袋,露出了开心的笑脸。

杨长生是这群狼的主人。他在这条车师古道的入口处建了这座规模很大的野狼谷山庄,十多年来,一直在山庄里饲养着这群狼,有上百只。他对狼倾注了全部心血,狼也把他当成自己的主人。在狼的世界和狼的心目中,他才是它们的狼王。

四

杨洁是无法咽下这口气的。她亲眼看见了白脸扑向父亲的惊险场面;看到了白脸张大嘴巴,露出尖利的牙齿,用快如闪电的飞跃动作无情地扑向父亲……她当时吓蒙了,大声呼叫着,不顾一切地冲进狼圈去救父亲。从那一刻起,她恨上了白脸。这个忘恩负义的畜生,抓伤了父亲,险些置父亲于死地。她要惩治白脸,好好地教训一下它。她和于光一人拿着一根电棍走进狼圈,径直向白脸走去。

白脸远远地便看到了他俩。它顺着栅栏往后退,惊恐的眼睛一直盯着她和他,显得惶恐不安。

杨洁和于光把电棍藏在身后,冲白脸边喊边招手:“白脸,过来,快过来!”

白脸一反常态，像根本没有听到他们的呼喊，身子向后退着，眼里发出充满敌意的光。

白脸的抗拒激起杨洁更大的火气。如果白脸就此屈服，她也许还会心生怜悯，宽恕它，放过它，但她分明看到了白脸眼中的凶光，看到它向她瞪着眼、龇着牙，她毫不犹豫地伸出电棍，向白脸的身子击去。

白脸身子摆动了一下，笨拙地避开电棍，本能地试图去咬电棍。杨洁按下开关，电棍冒出淡蓝色的光，闪烁出无数耀眼的光环，直刺向白脸的眼。白脸的眼中也同时闪现出万千条灿烂的光圈，还有一些晶莹剔透的清亮的水波，在光圈的映照下罩上了一层冰冷的水花。

突然，杨洁停住了手，电棍定格在距白脸身子很近的地方。她看到了白脸身上的伤。她心里突然有些不忍，放弃了惩治它的打算。

她把白脸逼到一个角落，两眼盯住白脸的眼睛，然后后退着慢慢离开了狼圈。

五

杨长生非常生气，伤口在隐隐作痛。肉体的痛他能够忍受，但内心的痛却是他不能忍受的。白脸对他的背叛，令他寒心。

十多年前，他进山去哈萨克族牧民尔肯家做客。吃饭时，外面传来一阵“吱吱”的叫声。他问尔肯：“啥在叫？”

“是狼崽子。”尔肯说。

杨长生停止了咀嚼：“狼？你这有狼？”

尔肯点点头："对，有两只小狼崽。"

杨长生放下筷子，好奇地说："我看看。"

两人来到院中，只见在一个地窖里放着一个钢筋焊接的大铁笼子，里面圈着两只小狼崽，一黑一灰。黑的脸上长了些白毛。两只小狼崽脖子上各拴了一根细铁链子。杨长生笑着问尔肯："狼崽子在笼子里圈着，干吗还要拴铁链子啊？"

尔肯说："它们是狼啊！狼凶残得很，会伤人的。"

杨长生走近铁笼，从栅栏的间隙伸进手，疼爱地摸着小狼崽的头说："好可爱的两只狼崽。"遂进屋把啃过的骨头拿来给了狼崽。

尔肯说："都是些干骨头了，给它们一些肉吧。"杨长生又返身回屋拿了两小块肉喂给狼崽。

狼崽望着杨长生，眼中流露出一丝感激，闻闻肉，只是轻轻地用嘴唇碰碰，却并不吃，抬头望着杨长生，眼中浮现出疑惑和不解。

杨长生离开铁笼，两只小狼崽才慢慢叼起肉，小心翼翼地吃了起来。

杨长生和尔肯回到屋里继续吃饭，可心思已全在那两只小狼崽身上了。他问尔肯是如何捉到小狼崽，又是如何饲养它们的，言语之中充满了对狼的好奇。

此后，杨长生一直惦记着那两只小狼崽，眼前老是浮现两只小狼崽被关在笼子里的可怜相。狼崽望他时那种哀求的目光，似乎是在向他求救。他的心似乎被留在了那里，留在了遥远的天山深处的那丛密林，留在了尔肯家的小院。

杨长生又进山看了两次狼崽。不好意思再用尔肯家的肉喂狼崽，第二次去时他买了新鲜羊肉。那两只狼崽见了他表现得十分热情，围拢过来仰脸望着他，眼中流露出柔和的光。

他把两只小狼崽从铁笼中放出来。小狼崽们欢快地奔跳起来，围着他转来转去，用身子去蹭他的腿。

杨长生蹲下身抱着小狼崽，轻轻抚摸它们不太光滑的皮毛，内心涌起一丝难以抑制的激动。

尔肯看到如此情景，不无感慨地说："看来你和这两只小狼崽有缘。这样吧，我把它们送给你。"

这正是杨长生求之不得的。他兴奋地说："好、好，我会好好养它们的。"他掏出两千元钱给尔肯。

尔肯说："既然是送给你的，就不能收钱。"

杨长生真诚地说："你就收下吧，这是我的一点心意。你能把心爱之物给我，我已经很感激了。"

于是，杨长生便有了最初的两只狼，开始了他的养狼生涯。

不承想家里所有成员都反对杨长生养狼，反对最强烈的是妻子。

养个啥不好呢，非要养狼？把这么危险的充满野性的动物留在身边，每天近距离接触，太可怕了。她坚决不同意。

但杨长生听不进任何人的劝，依然我行我素，把狼养在了家里。他觉得这两只狼崽通人性呢。任何动物都是有感情的，只要付出真心，就一定会感化狼，使狼变成人类的朋友。

杨长生给灰狼取名"北塔"，也就是现在的狼王。给黑色脸上有白毛的狼取名"白脸"，就是现在背叛了他的这只狼。

牧民们听说了杨长生养狼的事，纷纷把捉来的狼崽送给他。当然，杨长生不能白要，一只狼崽给牧民一千元钱。就这样，杨长生前前后后有了三十多只狼。

六

杨长生的物流公司坐落在乌鲁木齐市北面一个临近山坡的地方，占地面积大，院落很宽敞，每天都有很多车辆载着货物进出。

他在物流公司大院的一块空地上给狼修了圈舍，大狼圈养，小狼崽就在院内悠闲自在地玩耍、奔跑。

小狼崽成了物流公司一道亮丽的风景，吸引了不少附近的人来看。有些人带来自己的爱犬跟狼崽一起玩耍，不久几只小狼崽便染上了犬瘟病，很快许多狼也相继传染。

杨长生赶紧通知养狼技术员黄涛来指导治疗，可黄涛推托有事没来，这让杨长生很是生气和失望。当年，为培训黄涛这个养狼技术员，他可是花了大价钱的。

那年他去美国考察狼养殖，遇到了一位留美博士，姓刘。他参观了刘博士的展馆，被刘博士制作的狼标本吸引住了。刘博士制作的狼标本形态各异、活灵活现、栩栩如生，如同真狼一样，给人以动感和美感，具有很高的观赏价值。而自己的技术员制作的狼标本却既不像狼也不像狗，呆若木鸡，死气沉沉，毫无生命力。

杨长生高薪聘请刘博士来新疆讲学，并承担了他的一切费用。他还招了几名学员，黄涛就是其中之一。通过培训，黄涛他们学到了许多真本事，但之后便纷纷离开杨长生另谋高就了，导致杨长生这边技术力量严重不足。面对濒临死亡的狼却无力救治,他揪心啊！他的心被狼临死前含泪哀求的目光深深刺痛,他的心在滴血。他不能眼睁睁地看着它们一个个死去,他要救活它们。

杨长生付出种种努力也无济于事,狼仍在一只只死去。他整天愁眉不展,茶饭不思,唉声叹气。杨洁实在看不下去了,对他说:“爸,我帮你吧。”

“你?”

“对,我。”

杨长生听到女儿的话,有点意外。他养狼,老伴和女儿是反对最强烈的。现在女儿竟改变态度肯帮他,是他没有想到的。他心里清楚,现在也只有女儿能帮他了。刘博士授课期间,杨洁负责接待和培训,听了全部的讲座,虽然没有实际经验,可如何预防和医治犬瘟她是知道的。他满怀欣慰地说:“行了,你有这份心就行了！一个女娃娃家怎么好跟狼打交道呢？只要你们能支持我,再大的困难我都不怕。”

杨洁平静地说:“还是让我帮你吧。这些狼再不采取措施救治,会一只只死光的。”

杨长生说:“那也行,该咋样治,你给指导一下,由工人干就行了,你不用亲自动手。”

杨洁说:“好。”

犬瘟悄无声息地在狼群中蔓延,像一双无情的黑手剥夺着狼的生命。杨洁果断对狼舍反复进行全面消毒,给尚未得病的狼注射了疫苗,并把病狼隔离出去,以防疫情继续在狼群中传播。

接下来,杨洁便当起了兽医,把从刘博士那儿学到的知识运用到实践中。她给病狼逐个喂药打针。那些病狼已无力站起,任由她摆布，但眼里却充满了害怕和不安的神情。她用布条把病狼的眼睛蒙上，狼才逐渐安静下来。有一只狼刚染上病，性子很是暴躁，根本不让打针。它极力反抗，瞪着眼，龇着四颗尖利的犬牙，喉咙里“哧、哧”地吼着，不让杨洁和工作人员靠近。杨洁便让工作人员把狼捆起来，用一块厚毯子把狼头包住，而后紧紧地压住狼头，不让它咬到人。那只狼四爪朝天，拼尽全力想起身站立，头在厚毯子中使劲摆动，但它越挣扎，工人把它压得越紧。杨洁终于给它挂上了针，药水却不往下滴，揭开厚毯子一看，发现那只狼已经被捂死了。她赶紧采取措施抢救，但为时已晚。那只狼躺在地上，大睁着双眼，望着苍茫的远山和灰暗的天空，一动不动。

杨洁“哇”的一声号哭起来。她把那只狼抱在怀里，摇晃着哭喊：“醒来呀，你快醒过来呀！”眼泪像断线的珍珠，“吧嗒、吧嗒”落在狼光滑的皮毛上。那几个工人见状也一个个眼睛发酸，眼中汪满了泪水。

杨洁把病狼分别关进铁笼，让工人把它们抬到自己住的小屋。她要随时观察它们病情的变化，遇到问题及时处理。有只狼病情严重，不吃不喝几天了，虚弱地躺在那里，只剩下一丝微弱的呼吸，她建议放弃治疗。

杨长生看着奄奄一息的狼，说：“救吧，救活救不活，我们尽心了。活下来，是它的造化；死了，是它的命。我们不能放弃任何一点救活它的可能性。”

一只病狼的治疗费少则六七千元，多则可达上万元。物流公司的生意并不太好，赚的钱几乎都用在了养狼上。养狼既带不来任何收入，还得让杨长生投入大量资金。这些狼每天光饲料费就得两千元，几乎拖垮了物流公司。杨洁想问父亲这样做值吗？却没有问出口。她知道，这些狼就是父亲的命。父亲的感情都倾注在了养狼事业中，对狼的挚爱已经达到了令人难以理解的地步，甚至超过了自己的宝贝女儿。许多时候，她甚至会嫉妒这群狼。她觉得父亲把狼看得太重，不经意间冷落了家人。现如今要让他放弃救治那些狼，不是在拿刀捅他的心吗？

杨洁只能默默地精心护理，尽全力救治病狼。她首先改善它们的饮食，尽量让病狼吃进食物，以增强它们的体质。对那些病情较重的狼更是呵护有加，给它们灌鲜牛奶，喂鲜肉，使它们的病情逐渐好转。几只病狼似乎对她产生了好感和依赖，见到她时眼中总是汪满泪水，充满了感激。如果她不在它们身边，它们就显得躁动不安，似乎想冲出铁笼子跑向外边。但杨洁一回来，它们的焦躁和不安顿时就消失了，露出满足的神情，安静地望着杨洁，眼中充满了依恋。经过二十天一个疗程的治疗，病狼们终于摆脱病魔，渐渐康复。

杨洁的小屋被狼的体味、尿臊味弄得臭气熏天，简直无法住人。这些天，她极力忍受着身心的疲累，和几只病狼在同一个房间度过了艰辛难熬的日子。

从此，杨洁也走进了狼的世界，逐渐了解了狼。那几只病狼的表情和眼神的变化，她似乎已能读懂。它们的眼中充满了对她的感激和信任，那是别人无法想象和感觉到的。她也真正理解了父亲，理解了父亲对狼所产生的独特的爱，终于明白父亲为什么要不惜一切代价去救这些狼了。狼也是有感情的，你只要肯付出，它们就会用自己的方式回报。

染上犬瘟的狼被治好了，杨洁却因连续二十多天吃不好睡不好瘦得脱了相。

狼是一种极为聪明的动物，那几只狼病愈离开她时，竟显得依依不舍，两眼望着她，眼睛汪满了泪水，流露出无尽的依恋……

那一刻，杨洁打心眼里喜欢上了狼，决定协助父亲把养狼的事业进行下去。

七

杨长生最早养的五只小狼长大了。一天，它们终于耐不住被关在铁笼中的寂寞，咬断钢筋栅栏，眨眼间便冲进了后边的一个小院。院中有一群鸡，五只狼在院中左奔右突追杀那群鸡，把鸡们吓得哀鸣着扑扇着翅膀拼死逃命。五只狼像杀红眼的屠夫，奔突在院中的各个角落，身形闪动如风，动作灵活迅速，腾跃起身子捕捉着仓皇逃跑的鸡。捕捉到后，只“嗖”的一口，鸡便顷刻毙命。待杨长生和饲养员赶到，院子里已躺了五六只鸡，鲜血染红了它们的羽毛，被狼嘴撕咬掉的鸡毛随着轻风在空中飞舞，地面喷溅的血点子、血印子像拉长的一条条红色曲线，呈现出一幅惊心动魄的画面。那五只狼满嘴鲜血，野性大发，兴头十足。它们咬死鸡后并不急着吃，而是继续追杀其他鸡，似乎乐在其中。

杨长生和饲养员，还有陆续赶到的公司员工，每人手里拿着一根木棍，把木棍举过头顶，恐吓驱赶还在撒野的狼。他们将五只狼围起来，逐渐缩小包围圈，把它们赶回了铁笼。

后院邻居一家也是生意人。男人叫王强，是专门卖现宰活鸡的，如顾客需要，活鸡也卖。

王强是个高个子，长得五大三粗。尽管他壮实得像一座铁塔，却也被这突发事件吓得紧闭门窗，浑身发抖，心怦怦直跳，连大气都不敢出。直到杨长生他们把狼一只只赶回铁笼，他才惊魂未定地走出房门，脸色惨白地看着一地死鸡。

杨长生和饲养员把狼关好，安慰王强说："真对不起，让你受惊吓了。"

王强哭丧着脸呆呆地站着，眼望着那些死鸡和地上的一摊摊血，许久不说一句话。

杨长生说："你没事吧？被狼咬死的鸡我赔，这毕竟是一场意外！"

王强像是才从惊吓中缓过神来，好半天才"啊"了一声。

杨长生完全理解王强此时的心情，上前拍了拍王强的肩膀，然后和他一起清点死鸡，以每只一百元的价格赔付。在当时，鸡的价格每只也就二十元，他多付了几倍的钱。

八

如果再把狼养在物流公司，一定还会有接二连三的意外发生，杨长生决定重新找个合适的地方养狼。

把狼养在什么地方好呢？当然，最合适的就是山上，那里的气候和环境都适合狼生存。再者，不容易使狼染上病。

杨长生沿着天山一路探寻，去过天池、潘家台子、花儿沟、芦苇沟、干沟、吾塘沟，最后把目光停留在吉木萨尔县境内的一条古道口。这条道又被称为"他地道""车师古道"，是北疆通往南疆的驿道，至今已有两千多年的历史了。

杨长生决定实地探访一次车师古道，用他的脚去丈量古道的全程。

古道坎坷崎岖，顺着巨石嶙峋的山谷盘旋而上，一河清水泛着浪花奔腾而下，发出悦耳的清响，犹如动人的乐曲在山谷回荡。河谷绿草如茵，草尖上滚动着晶莹剔透的露珠，在阳光下闪闪发光，似乎稍有一点震动，它们就会滚落下来。两岸岩壁高耸，松林茂密葱郁，还有那分布在河滩上的杨树，秀丽挺拔，充满生机。拐过一个山嘴，便进入了头道桥。桥不宽，只可容一人一马，牵马过桥时感觉整个桥身都在晃。桥下水流湍急，撞击在石块上的浪花溅出悦耳的脆鸣，传向远方。

沿着河道直上，古杨松柏更加茂盛，路在树丛中向前延伸。穿出松林，蹚水过河，眼前便出现了热水泉。

杨长生举目望去，西山坡盘结着一棵古杨，枝干弯曲，树身伸向河谷，树冠华丽如盖，树根裸露，穿石而下，盘绕如蟒，紧紧抓绕着石壁。树根边几股清泉射向河谷，像腾飞的玉柱。在一侧石壁间，涌出晶莹透亮的水珠，滴答成串，在斜坡注满了一池清水，因此泉水温常年在20℃左右，故被称为“热水泉”。到了隆冬，泉水不结冰，蒸腾起一片遮天的雾气。泉水清澈甘甜，爽心适口，据说可治眼疾、疥疮。路经此地的人都要用热水泉的水洗脸，以醒目提神，或者用随身携带的水壶、水杯、矿泉水瓶带走一些。

杨长生在热水泉边逗留片刻，继续南行。

河谷宽阔起来，山路也逐渐平缓。河谷长满了酥油草，碧翠嫩绿，娇艳欲滴，形成了天然牧场。河道东岸耸立着一面百米高的石壁，如刀削斧劈，威严陡立。石壁上垂挂着花草，壁顶屹立着参天苍松。几股溪水从石壁的根部流下，从缝隙中喷射而出，形成一道壮观的瀑布，訇然射入河中，溅起朵朵银白的浪花。此处就是神泉子了。

杨长生一路南行，进入茂密的云杉林。深入林海，松枝夹肩，林木密布，曲径通幽。小道盘山而上，人在半山腰里攀登，道路狭窄曲折，蜿蜒上旋。雾气蒙蒙，几朵浓云飘来，“哗”地落下激飞的雨滴。倾盆而降一会儿又变成了淅淅沥沥的细雨，山道顿时泥泞难行。只一会儿工夫，雨水便汇成了无数小溪，顺着七沟八岔汇集而下，使河水更加汹涌咆哮，像要把山谷撕裂。

杨长生边走边看，沿途秀丽的景色让他迷醉、感叹，在他心中逐渐形成了一个方案：把养狼基地建在车师古道口。同时，在车师古道创办一个有规模的，集餐饮、住宿、旅游观光为一体的度假村，让这里的稀有动物吸引更多的游客。

杨长生继续向上攀爬。快到琼达坂了，山势陡峭难行，道上出现了冰雪，而且越往上越厚。寒风冰冷刺骨，他不禁感到了彻骨的冷……他终于登上了琼达坂，顿时视野开阔明亮起来，白云就在脚下。他极目远眺，冰峰闪着凛冽的寒光，折射出万道光芒，直刺得他眼睛生疼。

杨长生站在南北疆的分界线上，开怀地笑起来。

九

杨长生最终选定的地点在车师古道入口处的一块空地上。那里空旷而平坦，长满了绿油油的肥美茂盛的蒿草。四周群山环绕，山势雄伟而壮阔。这种环境和地形，是建度假村最理想的场地了。

坡上有一片残存的断墙和破砖瓦砾，杨长生隐约觉得，这可能就是古代疏勒城的遗址。

站在故城遗址上，杨长生心潮澎湃，感慨万千。他似乎看到了雄伟的古城堡和飘扬的旗帜，听到了疏勒城保卫战那惨烈的厮杀声……

疏勒城在丝绸之路新北道占据有重要的军事战略地位，是古代游牧民族南下进入农耕区的通道，是汉丝绸之路的屏障，历来为兵家必争之地。

据史书记载，东汉永平十八年(公元75年)，戊己校尉耿恭率数百名将士抗击两万匈奴，死守疏勒城，创造了历史上孤军奋战、以少胜多的范例。

疏勒城保卫战历时一年。匈奴军看疏勒城久攻不下，便将城团团围住，断了通往城中的粮草和水源，试图将耿恭和他的兵将困死在孤城里。不得已，城中士兵掘井，深至十五丈，仍不见水。耿恭和众将士摆上香案，焚香烧纸，跪拜枯井，“为吏士祷”，转眼间，井中竟有水涌出。将士提着水桶从城墙上往下泼水，匈奴军见城中突然有水，以为有神灵护佑汉军，遂派使议和。耿恭不允，斩杀来使食其肉，以保全守城兵将的生命。此时，城中已没有任何可吃的食物，兵将只能将野草、马鞍的牛皮蹬绳煮了充饥，其艰难和悲壮无法想象。最后虽得援兵解救得以脱险，但耿恭的数百名将士大都战死沙场，仅有十三人得以幸存。

现在，这座千年故城被杂草所淹没，只剩残垣断壁，当年耿恭被围城中所掘深井已无踪迹。望着古遗址，杨长生的心情久久不能平静。如今，他就要在这里成就一番事业，以不负先辈用生命和鲜血保卫下的这片土地。

接下来，便是立项目，找当地政府审批，修建。一切都很顺利，没费多大的周折，一年多的时间，便把度假村修建了起来。他将度假村命名为“车师古道野狼谷”。

从此，五十多只狼在野狼谷安了家，杨长生、杨洁父女俩正式开始了他们的养狼生涯。

十

大黑盯上了小不点，准确地说，是爱上了小不点。大黑是一只剽悍、凶猛而又野性十足的公狼，而小不点则是一只皮毛光洁、身形娇小、极为温顺又漂亮的母狼。

大黑和小不点并没有圈在一起。它们被一道很高的铁栅栏隔着，彼此只能从栅栏的间隙看到对方。大黑只要一睁眼，便会不由自主地把目光投向小不点。它深深地被小不点所吸引。小不点娇小的身材、独特的气质和内在的秀美，打动了它春情萌动的心。大黑除了吃食，眼光一刻都没有离开过小不点。它关注着小不点的一举一动，包括饮食、和同伴之间的交往等。当然，它更关心的是小不点和别的公狼有没有什么亲密接触，对别的公狼是否暗送过秋波。它已把小不点当成了自己追求的目标，不允许任何公狼靠近它，和它亲热，向它传情。大黑恨透了那道无情地将它和小不点隔开的铁栅栏，让它不能厮守在小不点身边一刻不离地保护它。小不点感觉到了大黑多情的目光，早已被撩拨得情窦初开、芳心荡漾。它迎向大黑热辣辣的目光，大黑眼中放射出一种勾魂夺魄的光，直刺向小不点的眼睛，像要用那种光波的热量，穿透它的心脏，点燃它心中爱的火花。

小不点被大黑的执着感动了。大黑健壮的身材，勇敢、剽悍、与众不同的气质，正是它心目中最理想的伴侣。它觉得自己找到了真爱，它要把自己心中的真情回报给大黑。这天，小不点盯着大黑激情似火的眼睛，眨眨眼，抛出一个媚眼，对它“嗷、嗷”地叫了两声，显得温柔而娇媚。大黑抑制不住内心的激动，在圈内轻轻地跑动起来。它先是慢步跑，然后逐渐地加快了速度，越跑越快，越跑越快……突然，它向围住它的栅栏冲去，一个飞身腾跃，纵身跳入了小不点的圈中，猛一下把小不点扑倒在地，伸出长舌去亲吻小不点的脸、脖子以及嘴和眼睛。

小不点被突然到来的幸福冲晕了。它顺势倒在地上，伸开四肢拥抱着扑在身上的大黑，把嘴和脸也伸向前去，用舌尖去舔大黑的脸。它扭动着身子碰触大黑的身子，直把大黑挑逗得热血沸腾，情绪激昂，如痴如狂。

大黑和小不点根本无视群狼的存在，似乎进入了忘我之境，自顾自地尽情玩乐。在一旁看着的群狼，眼中流露出各种各样的情绪，或羡慕，或不屑，或嫉妒。

饲养员拿着木棍试图把它俩分开，可大黑和小不点刚分开一点距离，就瞅准空隙，躲过木棍，又扑在一起，相拥着玩耍嬉戏，尽情作乐。

饲养员无奈，又叫来一个同伴，才把大黑和小不点分开。杨洁让电焊工把栅栏又加高了半米，以防大黑再次跳过栅栏与小不点相会。

坚硬的钢筋和高耸的铁栅栏无情地将大黑和小不点分隔在了两个天地，它们只能隔着铁栅栏默默对望。很多时候，它们会立起身子，前爪搭在铁栅栏上，痴痴地望着对方，把无限的柔情和爱意用目光传递过去。

自从和小不点有了第一次亲密接触，大黑更加迷恋小不点了。大黑似乎无法忍受这种爱的折磨与煎熬，不停用前爪抓挠着铁栅栏，试图把它弄断突围出去。

可是一切都是徒劳，它的铁爪始终无法拉断那些比人手指头还要粗的钢筋。它改用嘴咬。终于，尖利的牙齿把钢筋拉弯，钢筋从焊接处被拉断了。大黑从拉断的栅栏间钻出来，飞身来到了小不点身边。

久别重逢的情侣又一次相拥相偎在了一起，那种难以抑制的热情似乎比前一次更加热烈奔放。它们互相亲吻着，把离别的相思和深情都表达在嘴上、长舌上。它们的喉咙发出轻轻的"唧、唧"的欢叫，轻柔而欢畅，优美而动听，像在相互倾诉和表达着相思之情。

大黑毫无顾忌的行为激怒了一只大灰狼。它一直暗恋着漂亮的小不点，还没来得及向小不点表达爱意，就让大黑捷足先登博得了小不点的芳心。这让它很痛苦，也无法忍受。眼前的情景让它妒火中烧，就在大黑和小不点忘情地亲热时，它突然扑上前去，"嗖"地照大黑的屁股咬了一口。大黑回过头，向大灰狼龇龇牙，凶狠地瞪了它一眼，便又自顾自地继续和小不点嬉戏玩耍，好像根本就无视它的存在。

大灰狼被大黑的举动彻底激怒了。它无法忍受大黑的狂傲和对自己的轻视，它要给这个狂妄的家伙一点教训。它一跃而起，飞身扑向大黑。

大黑感到有一股劲风扑面而来，本能地伸出前爪抵挡，正好被大灰狼一口咬住。大灰狼感到一股浓重的血腥味从它的牙齿缝里流溢出来，接着口中涌出一股潮湿的液体。随即，它感到了牙齿撞击骨头的那种坚硬，它将尖利的牙齿向坚硬的骨头直插下去。

大黑感到一阵钻心的刺痛，浑身震颤了一下。它想反咬大灰狼一口，却没有咬上。它一个翻身站起来，向大灰狼猛扑过去。紧接着，小不点也向大灰狼发起了攻击。大黑毕竟受了重伤，它的前腿流着血，已使不上劲了。

大灰狼得了手，出了心中的恶气，心情好了许多。它不再恋战，瞪着眼，喉咙发出“哧、哧”的吼声，慢慢地后退着离开。

大黑和小不点并排站着，看着大灰狼一步一步退去，互相望了一眼，没有去追。

十一

大黑被咬伤了骨头，走路一瘸一拐的，伤口一直在流着血。杨洁让于光用飞针射晕大黑，将它抬出圈外，给它清洗伤口，上药，进行包扎，然后把它单独关进一个铁笼子，以便第二天换药。

大黑醒来，立刻感到一切都发生了变化。自己怎么被关入铁笼中了呢？既看不到其他伙伴，也看不到心爱的小不点。它的活动范围被限制在一两平方米的空间，这让它如何受得了？它顿时狂躁起来，在铁笼中不停地转着圈暴走。它仰天长嗥一声，似乎在呼唤小不点，但许久都没有得到小不点的回应。它又叫了一声，还是没有回应。它用两只前爪抓挠着铁笼子的钢筋，试图把它拉断。

铁笼子被大黑抓得摇晃起来。大黑像疯了一般,两眼充血,闪射出一股阴森森的寒光,透出强烈的愤怒和仇恨。它用尽全身的力气,拼命用两只前爪抓拉钢筋。伤腿上的纱布脱落了,伤口被撕裂,血水顺着钢筋往下淌,染红了地面。但它似乎已感觉不到伤口的疼痛,依然不管不顾地用那只血爪子抓拉钢筋。它狂躁地用牙齿去咬,试图再次咬断钢筋。牙齿碰撞在钢筋上,发出"咔咔"的脆响。它的眼睛阴郁得吓人,让人看了后背发凉。

大黑狂暴的举动让饲养员不寒而栗,忙把大黑的异常告诉了杨长生和杨洁。杨长生和杨洁来到狼舍。

杨长生喊:"大黑!"

大黑依然狂躁地用爪子抓、用牙齿咬钢筋,对主人的呼叫毫不理会。

杨洁又喊:"大黑!"

大黑似乎没听见,仍在抓咬着。

看来大黑真是发疯了,连杨长生和杨洁也无法控制它的情绪,只好任由它在铁笼中狂怒地发泄。

大黑显得更加疯狂了,就像钢筋和它有着不共戴天的深仇大恨,用牙把钢筋咬得"咔咔"作响。突然,它的一颗犬牙脱落了下来,满嘴都是血。钻心的疼痛更加激怒了它,它用牙咬住钢筋,使劲地拉扯。接着,又一颗犬牙脱落了,可它仍咬拽着钢筋不放。不一会儿工夫,它嘴里的四颗尖利的犬牙全部脱落了下来,鲜红的血顺着嘴角流下来。终于,它拉断了焊接的钢筋,从铁笼中钻了出来。

那笼子是用六号钢筋焊接的,大黑用四颗犬牙的代价咬开了钢筋,获得了自由。它一出笼子便头重脚轻、跌跌撞撞地向外跑，没跑出几步便倒在地上，许久没有爬起来。

大黑已失去尖利的犬牙，前爪还负有重伤，对人造不成大的伤害了，饲养员便不再怕它。

杨长生感叹地说："唉，这个大黑，太有血性了。"

杨洁说："是啊，今后它该怎么生活？"

杨长生说："随它去吧，看它的造化了。"

杨洁给大黑处理完腿上的伤口后，把它放归了狼群。

十多天过去，大黑却意外地存活了下来。等大黑伤愈，饲养员随它所愿把它放进了小不点的圈内。两年后，小不点产下了几只小狼崽。

十二

饲养员发现那只叫宝宝的狼嘴里不知什么时候缠绕上了一条铁链子，根本无法吃食，便对杨长生说："杨总，宝宝嘴里被缠上了一条铁链子，没法儿吃食，若不赶快取掉，它会饿死的。"

杨长生觉得饲养员说得很对，可要想从狼嘴里取出铁链子有一定危险性。狼毕竟是一种野性十足、极其凶残的动物，会随时向人发起攻击，令人防不胜防。但他又很疼爱宝宝，不忍心看着宝宝活活饿死。于是他手里拿了根小铁棍，走进狼圈，喊住了宝宝。

宝宝顺从地站住。

宝宝一向都很听话，听到他喊，每次都会跑到他的身边亲吻他的手，用身子蹭他的腿向他表示亲热，围在他的身边撒欢。

宝宝嘴里的铁链子是它自己撕咬铁链时缠上去的，缠得很牢,很难解开。

杨长生蹲下身,伸手去解铁链。许是把宝宝弄疼了,它眨了眨眼睛,惊惧地偏过脑袋,把身子使劲往后缩,“吱吱”叫了两声,显出痛苦状。它龇牙咧嘴,喉咙里发出“哧、哧”的低吼,像要向主人发起攻击。

杨长生感觉到了宝宝的躁动不安和不配合。他一只手解着铁链,另一只手举起铁棍在宝宝的眼前晃着,以防备宝宝突然袭击。

宝宝似乎完全看透了主人的心思,很不甘心地任主人摆布。它平时很喜欢主人,但也惧怕主人。尤其是现在,它看到了主人严肃的脸和举起的铁棍,令它更增添了几分怯意。他毕竟是主人,即使对他怨气冲天,也不能向他发难,他是它的衣食父母啊。

杨长生终于把铁链子解了下来,松了一口气。许是铁链子勒进了肉里,勒得太深,所以在他抽铁链子时,宝宝疼得叫了几声,痛苦地把眉头皱在一起,嘴唇动了动,龇出了尖利的牙。它瞪着眼,心中的火气和怨恨逐渐升腾起来,在脸上呈现出多种复杂的表情,最后凝固成一个僵硬的神情,定格在那张脸上。杨长生看到了一张冰冷的脸和一双冷峻、直勾勾地盯视着他一举一动的眼睛。那目光已失去了往日的柔和,正燃烧着一股熊熊怒火。它有点失去了理智,蓄势待发地要向他扑击。可它看到头顶那根坚硬无比的铁棍,在阳光下闪烁出一股寒光,它估计自己的脑袋承受不了那一击,只好把心中的怒火压下去,很不甘心地瞪了主人一眼。嘴已脱离了铁链子的缠绕,虽然很疼,但却轻松了很多。主人一放手,宝宝便像逃跑一般头都不回地跑了。

“宝宝!”杨长生叫它。

它加快了速度，小跑起来。

“宝宝。”杨长生把声音放轻柔了些，又叫它。

它跑的速度更快了，似乎没有听到主人的呼唤。

“宝宝，你给我站住！”杨长生生气了，提高声音喝喊着，宝宝继续向远处跑去。

杨长生觉得奇怪，宝宝这是咋了，竟对自己像有天大的仇似的，变得不理不睬。

自此以后，宝宝一见到杨长生扭头就走，喊也不理，给它喂肉连闻都不闻一下。杨长生不在时，面对杨洁和于光，还有饲养员，它还是和往常一样。游客观赏它、逗它，它都会安静地待着。

有时宝宝会好奇地看着游客手中的手机、相机和他们各种各样的表情；有时宝宝会悠闲自在地走进一丛浓密的草丛，透过草丛去望远处的山和密集的松林。

这天，宝宝正隐在草丛里想入非非呢，突然看见杨长生顺着铁栅栏正快步向狼圈走来。顷刻间宝宝刚产生的诸多美妙幻想全被赶跑了，它不由得狠狠瞪了他一眼，钻出草丛，向远处跑去。

宝宝似乎比人还要记仇，果断、坚决而又绝情，丝毫不给主人一点面子。这让杨长生心里很难受，也很无奈，感到自己很失败。他可以统领上百只狼，让它们对他俯首称臣，却怎么也消除不了宝宝对他的仇恨。

他解铁链子是为了救它，它怎么就不知道感恩，反而恩将仇报、怀恨在心呢？真是个狼心狗肺的东西！

“宝宝。”杨长生喊。

宝宝在远处低头走着，根本不回头望一眼。

杨长生不由得生出一股无名火。这个畜生，太令人伤心了。

他感到十分沮丧。养狼多年,他试图去探究狼的世界,却总是无法理出一个合乎逻辑的规律。说它凶残吧,它又有柔弱的一面,懂得感恩;说它懂得感恩吧,可当侵犯到它切身利益的时候,它又立马六亲不认,变得很凶残。

他想从宝宝身上寻找到答案,所以没事的时候就去找宝宝,给它肉,以便拉近关系,可宝宝任他怎样讨好也不为所动。

这样的僵局持续了三年多,宝宝才逐渐地转变了对他的态度,开始不躲他了。

十三

小毛毛是一位牧民捡到的小狼崽,因还不会吃食,便送给了杨长生。养了几天,小毛毛刚会吃食,杨长生便让饲养员把它送入狼圈,想让它尽快跟狼亲密接触,以学会各种生存本领。可把小毛毛一放进去,杨长生就后悔了。它太小了,如果圈内的狼欺负它,不让它吃食,它该怎样生存呢?可是,不把它放回狼群,不让它尽快地融入狼的世界,它就会丧失狼性,丧失捕食动物的灵活性和敏锐性。所以尽管回到狼群有诸多风险,也得狠下心让它去经受锻炼,慢慢地适应。

小毛毛刚进圈中时有点惧怕,畏畏缩缩地躲在一个角落里不敢动弹。几只狼来到它身边,嗅嗅它身上的气味,确认它是同类,便用嘴拱它玩。小毛毛吓得“吱吱”叫着,把瘦小的身子蜷缩得更紧了,眼中流露出惊惧和恐慌。那几只狼发现小毛毛并不好玩,便无趣地走开了。

这时狼王缓缓走到小毛毛身边,用鼻子嗅了嗅它,伸出长舌舔它的皮毛，向它表示抚慰和欢迎。小毛毛有点受宠若惊，把身子又往紧里缩了缩。狼王继续舔着它的身子，让它感受到了些许温暖。小毛毛终于把身子舒展开来，抬起头，睁大两眼望着狼王，流露出亲切、依恋、感激的光。它觉得自己好像又回到了父母身边，重新得到了久违的父爱和母爱，暖暖的，甜蜜而温馨。

狼王用嘴拱了拱小毛毛，似乎想试探一下它的行走能力和力量。看到它一副弱不禁风的样子，狼王皱皱眉头，摇头叹息着。它站直身子望向远方，像在思考着什么，然后气定神闲地看了眼小毛毛，便转身离去了。

野狼谷的狼是在夜晚才进食的。一般情况下它们白天很少吃东西，甚至根本不吃。夜晚进食它们也是先吃一点点，似乎在尝，直到确认食物对它们没有危害才吃。它们一向警惕性很高，尤其是对人。即使饲养员天天给它们喂食，也无法消除它们的戒备心。只有它们亲自捕捉到的羊、鸡、兔子等动物，它们才会毫不顾忌地大口吞咽。

杨长生和杨洁一直关注着刚放入圈中的小毛毛。他们看到狼王和群狼虽然并没有伤害小毛毛，但却吃光了所有食物，没有给小毛毛剩下一丁点。小毛毛太弱小了，根本抢不到食物。杨长生不由得为自己的错误决定感到有些后悔。“畜生就是畜生，咋样也没法儿和人相提并论。”他心里骂道。就在这时，杨长生和杨洁突然看到狼王向小毛毛走去，身后跟着北塔二，北塔二身后则跟着一只只狼。它们一个个来到小毛毛身边，从嘴里吐出已嚼烂的食物，然后喂给小毛毛。每只狼都吐了一口或者两口。

杨长生和杨洁惊讶得瞪大了眼睛。

杨洁不由得赞叹：“太感人了。”

杨长生也感叹着说:“是啊！都说狼充满了野性,谁知道它们对一个小狼崽子却爱得这么深沉。”

杨洁说:“如果不是亲眼所见,我说啥也不相信这是真的。”

杨长生说:“我也不相信。没见之前,我还一直担心小毛毛会挨饿、受欺负呢,现在不用担心这些了。它在这个大家庭能生活得很好。它们不仅不会伤害它,还很爱它,我放心了。”

杨洁说:“现在看来我们的担心都是多余的。养了这么多年的狼,可是我们并没有真正地了解它们。”

杨长生深有感触地说:“是啊!”

杨洁说:“爸,我突然觉得,我们不能再只养狼了,还要深入地去挖掘、研究狼文化。它们是怎么生存发展起来的？它们顽强的团队精神是从哪来的？还有很多的未知有待我们去探索啊!”

杨长生说:“没错,洁洁,你以后多注意观察记录狼的各种行为习惯,把它们整理成资料保存下来。我们养狼,最起码先得懂狼,不然有人问起,我们只能给他们讲一些表面的东西,深层的东西却不知道,这在理上说不过去。”

“嗯,回头我再多查查资料,将理论和实践结合起来,把咱们野狼谷的狼养好。”杨洁点头说道。

十四

北塔是只剽悍的公狼,体形粗壮,个头高大,皮毛细滑油亮,目光威严深沉,冷峻严厉。它深藏不露的内在气质散发出一种特有的威严,加之高大威猛,使它立在群狼之中尤为出众,受到了群狼的拥护和尊重。在野狼谷，狼王北塔的地位是不容侵犯和颠覆的，除非它老到丧失了统领群狼的能力，才可能让北塔二或更有能力的狼接替。北塔在位期间，哪只狼敢对它稍有不敬，它只需流露出一个不满的眼神，根本不用自己出面，北塔二就会毫不客气、毫不犹豫地把那只狼扑倒在地，直到对方屈服、俯首称臣才肯罢休。狼王的身边时刻站着北塔二。它始终和狼王保持着不远不近的距离，像一位忠诚的侍卫护卫着狼王，时刻准备着替狼王处理一切狼王懒得去管的事情。北塔二很会察言观色，在狼王高兴的时候，它会讨好地靠上去，用自己的身子去蹭狼王，表示友好和忠诚。群狼在狼王面前是分等级的。一般的狼见到狼王始终夹着尾巴，弓着腰，显得极其卑微。弱者去见狼王，只能爬行着来到狼王身边，做出各种各样的动作极力地讨好。

群狼中，唯有一只叫秀秀的漂亮母狼能跟狼王亲近。狼王跟秀秀似乎有一种朦朦胧胧、模糊不清的关系。是夫妻吧，似乎还没有走到那一步；是情人吧，又有点不像。好像是彼此暗恋着对方，却还没有真正向对方表白。

狼王和秀秀时常厮守在一起不愿分离。狼王似乎非常依恋秀秀，总愿意让漂亮的秀秀待在身边，以便时时能看到它。有秀秀在，它的内心感到很踏实、很欣慰，会对自己所拥有的地位产生一种优越感和成就感。能获得狼群中最漂亮、最可爱的秀秀的爱，它感到非常骄傲。它很满意自己目前所拥有的一切，随心所欲，呼风唤雨，有忠心耿耿的北塔二，有俯首帖耳的群狼，还有柔情似水的漂亮的秀秀。它觉得自己是这个狼的世界里最幸福的一员。

狼王早已习惯了秀秀的默默相伴。有时不见秀秀，它会显得焦躁不安。每当它烦躁地立在高坡上，仰望着远山嗥叫一声，秀秀立刻就会从哪个角落或草丛奔突而出，小跑着来到狼王身边，伸出长舌舔狼王的脸、身子，而后把自己的身子靠上去，蹭狼王的身子，向它表达深深的爱恋。狼王立马就会安静下来，恢复平静。

狼王和秀秀在草地上奔跳、嬉戏着，其他狼被它们的激情所感染，也情不自禁地相互嬉戏玩闹起来。

只有一只狼不合群，显得郁郁寡欢。它是一只略有几分姿色的小黑狼，叫纯子。在众多母狼中，只有它可以和狼王钟情的秀秀比美。无论体形、毛色还是风情，纯子都不次于秀秀。起初纯子并没有对狼王萌动春情，所以让秀秀抢了先。此时，看到狼王和秀秀欢快地嬉戏在一起，纯子猛然感到有些失落，好像失去了一件最宝贵的东西，而那件东西是被秀秀抢走的。它明白了：自己不知从什么时候起，已经暗恋上了狼王，对它动了真情！

纯子慢慢走到狼王面前，对着狼王做出各种各样的挑逗动作，以引起狼王的注意。纯子或立或跳，摇摆着脑袋，两眼火辣辣地盯住狼王，把自己的千种柔情、万般思念放射出去。它像在用优美的舞姿和火辣辣的眼神把深埋在心底的爱恋尽情地表达出来，展示给它心中暗恋的狼王。

狼王当然能看出纯子的良苦用心，它被纯子的风情万种深深打动了。它猛然觉得，这个纯子有着秀秀身上不曾有的一种情调和浪漫，能调动起它的情绪使它入迷，让它产生无限的想象和欲望。它不由自主地撇下秀秀，向纯子靠拢了过去。

狼王一时迷失了心智，竟当着秀秀的面和纯子亲热起来。它们相拥在一起，互相用身子蹭着对方，伸出长舌舔着对方的脸和皮毛。狼王用嘴一拱，纯子顺势倒在地上，伸展四肢，裸露出胸脯，把它雌性的优美全部展现出来。

狼王感到一阵痴迷和癫狂。它嗅到一股特殊的气味正从纯子的身上散发出来。那种气味带着一股淡淡的体香，直透进它的体内。它被那股气息冲击着，感到全身的血管都膨胀起来。它一时难以自制，顺势压在纯子身上……

愤怒至极的秀秀仰天长嗥了一声，凄厉而忧伤。嗥声震荡着野狼谷，使四野的山峰都颤动起来。它无法承受狼王和纯子在它面前肆无忌惮地调情，无法承受这突然而至的打击。它对狼王的情和爱顷刻之间支离破碎。

听到秀秀的长嗥，狼王猛然意识到了自己的失态，赶忙羞涩地放开纯子，低垂着头，羞愧地回到了秀秀身边。

秀秀愤怒地瞪着狼王，看着狼王不好意思地讨好地望着它，试图去蹭它的身子。秀秀把头一抡，一头顶在狼王的身上。狼王顺势倒在地上，做出一副可怜样，嘴里“吱吱”叫着，想博取秀秀的同情和原谅。它的声音细小而温柔，身子仰卧着，伸展四肢迎合着秀秀，就像在给秀秀赔罪。

秀秀抬头望着远山，不再理它。

狼王扭头看着秀秀，见它眼含热泪，一副悲痛欲绝的样子，心中突然产生了一丝爱怜。都怪自己，惹秀秀生气。如果不是秀秀及时提醒和阻止，说不定自己就背叛了秀秀，和纯子走在一起了。这是一件多么荒唐而又害臊的事情啊！它愧疚地站起身，走向秀秀，靠近它，试图用身子去蹭它。

秀秀又一抡头，还没等顶上它，狼王又顺势倒在地上，伸开四肢去抱秀秀，眼中流露出忏悔的光。秀秀扑到狼王身上，想狠狠地咬它一口，以解心头之恨，但终于没敢。它毕竟是狼王，有权跟任何母狼交往、交配。狼王已经给它给足了面子，该见好就收了。秀秀把咬的动作只做了一半便改用舌头舔。它用长舌舔遍了狼王的全身。它要把自己对狼王的爱尽情地表现出来，它要让纯子和所有母狼知道，狼王是属于它的，谁也别想把狼王从它身边夺走。

纯子不甘心在这场爱情的角逐中惨遭失败。它想挽回局面，却见北塔二正怒目瞪视着它，仿佛只等狼王的一个眼神就会猛扑上来。纯子只好认输，忍着泪水，头也不回地向远处跑去。跑出很远了，它回头望了一眼正在缠绵的狼王和秀秀，眼泪终于控制不住地流了下来。

狼王自那一次迷失自己后，再没有对纯子和其他母狼动过心。它一心一意地爱着秀秀，和秀秀结下了深厚的感情。一年后，它们有了爱情的结晶。秀秀顺利产下了几只可爱的狼崽，过上了幸福美满的生活。

十五

大黑和小不点的一只狼崽被压断一条腿不能走路了，杨洁从铁笼中抱走了小狼崽。大黑和小不点急了，扑上前来，用爪子使劲地抓挠钢筋。大黑依然性子很烈，用缺牙的嘴撕咬钢筋。失去尖利牙齿的大黑此时对那些钢筋已无能为力了，而小不点却仍在又抓又咬，对杨洁龇牙咧嘴，试图把自己的孩子抢回来。

杨洁请来兽医，给小狼崽接了断骨，用木板把它的腿固定好，让它慢慢养伤。

不想大黑和小不点从此便和杨洁结了仇，远远地看到杨洁便直往前扑，瞪着眼对她龇牙，向她低吼。她给它俩喂肉，它俩根本不吃。杨洁无论用什么方法也无法减轻它俩对她的敌意，她和它俩从前建立起的友谊竟在她抱走小狼崽的一瞬间化为乌有。

杨洁有些不敢正面接触大黑的目光。大黑虽然没了利牙，但狼威还在。它的样子极为恐怖，眼睛血红，红得像要燃烧起来，眼中的光阴森得瘆人，使人不寒而栗。很长时间，她的心都被那股凶光笼罩着，令她一时无法高兴起来。

小狼崽断骨接上后恢复了几天，杨洁便把小狼崽放回到了大黑和小不点身边。她不愿再看到大黑那凶狠的目光了。她怕大黑会再次情绪失控，做出什么让人意想不到的事情。

大黑和小不点嗅嗅小狼崽，确信是自己的孩子后，小不点便用牙齿去撕咬捆绑小狼崽伤腿的绷带。它不顾小狼崽疼得撕心裂肺的号叫，硬是把绷带咬断咬碎，使小狼崽的断腿从木板中解脱出来。

杨洁看到小不点的举动有些伤心，自己的好心被它当成了驴肝肺。它们终究是狼，根本不懂这样会害了小狼崽，让它落下残疾。她不由得为小狼崽感到痛惜。

小狼崽已经回到了它们身边，可大黑和小不点并未因此而感激杨洁。虽然减少了一些敌意，不再对她瞪眼、龇牙、扑咬，可也不再和她亲热，不再理她。

杨洁完全搞不懂狼的爱憎观。你对它再好，但只要冒犯它一次，它便从此怀恨在心，把你视为仇敌。你就是再付出十倍、百倍的努力，也换不回它的心。可是你如果始终如一地对它好，它也会始终不变地忠诚于你。

有一次，一只狼的脖子被一根绳子绕住，差点危及生命，饲养员冒险帮它解开绳子把它救了下来。从此，它一改往日的态度，对饲养员百般讨好、献媚，那份亲近，使人很难想象它竟然是只狼。

杨洁养了近十年狼，跟狼朝夕相处，但狼的许多习性她还是无法摸清。

十六

白脸不断地受到群狼的轮番攻击。不论是白天还是晚上，那些狼只要看到白脸，就会扑上去咬它，围攻它。自从北塔二把它定为攻击目标后，似乎野狼谷的狼都跟它结了仇。

白脸尽量躲开群狼，不让它们发现和找到。可它躲在哪里都安生不了。北塔二就像一只盘旋在高空的鹰，无论怎么躲，都能很轻易地找到它。

在北塔二面前，白脸不敢反抗，它知道自己根本不是北塔二的对手。它只能倒在地上，肚皮朝天仰卧着，装出一副可怜样，以博得北塔二的同情。

北塔二不喜欢和弱者较量，白脸的示弱让它产生了一种以强欺弱的很不舒服的感觉。看着白脸讨好求饶的样子，它有些不屑，又有些不忍，于是"哧、哧"地低吼两声，狠瞪它一眼，警告白脸收敛点，便带着胜利者的满足走开了。

而其他狼，不管白脸怎么极力示弱、讨好，都会毫不留情地扑上来，对着它“嗖”地就是一口。这样的攻击一天至少一两次。只几天工夫，白脸便被咬得伤痕累累。

群狼再次对白脸展开了围攻。白脸只惧怕狼王和北塔二，其他乌合之众它才不怕呢。如果不是它们发起群攻，它会一只只地击败它们，使它们成为手下败将。

可眼下的形势却不太乐观。狼王站在一个高土堆上，正静静地观望着这边的动静。它并没有发出攻击的命令，群狼对白脸的围攻只是正式攻击前的一次小小演习。狼王站在那里，岿然不动，却对白脸形成了一种强大的震慑力。

白脸和群狼迂回周旋着。它既不能显示出自己的强大，引起狼王和北塔二的注意，向它发难，又不能太柔弱，让群狼任意攻击，咬伤自己。它一面闪跃腾挪，避免正面交锋；一面瞅空子选择线路，逃离它们的包围。

十七

饲养员告诉杨洁，这些天白脸有些不对劲，吃得很少，而且精神很差，像是得了病。

杨洁决定给白脸做个全身检查，看看是哪里出了问题。可白脸的情绪十分不稳定，性子暴躁，根本无法近距离接触到它。而且她发现，白脸似乎对一切都充满了仇恨，看人的眼神就像是要和人拼命，令人望而生畏。

杨洁只好让于光用飞针麻醉白脸。

于光有一手绝活，能在远距离用飞针射中目标。飞针上涂有药力很强的麻醉药，针头射入皮内，麻醉药会迅速扩散到血液中,使其短暂昏迷。

于光悄悄地靠近白脸,在它毫无防备之时把飞针向白脸射去。

于光的飞针命中率很高,很少失手。

白脸被击中,身子沉重地倒下。饲养员用担架把白脸抬了出来。

杨洁这才看清,白脸浑身是伤,有的伤已经开始结疤,有的伤还在渗血,露出嫩嫩的、红红的肉。脊背上一个较大的伤口流着脓水,那是白脸用舌头舔不到的死角。伤口生满了白蛆,在腐烂的肉里不停地蠕动着……

杨洁感到胃里一股液体涌动着、奔腾着就要冲向喉咙。她强压住恶心,拿来一把镊子,小心地把那些蛆一条条地镊出来,清洗伤口,上消炎药,包扎伤口,然后把白脸送进了一个铁笼子里。

白脸醒来,发现自己被关在铁笼子里,笼子边站着主人,还有饲养员。它感到脊背上的那个伤口不痒了,只是微微有点疼。这让它感到一阵轻松。那些可恶的蛆比群狼还要厉害,奇痒难忍,直搅得它心烦意乱,情绪坏到了极点。

它知道这一切都是主人做的。而它这些日子的所作所为,让它如何去面对主人啊!

杨长生和杨洁此时已明白了白脸情绪反常的原因。从它身上的伤可以断定,白脸一直在受群狼的攻击。这种攻击是在他们看不到的情况下进行的。白脸肯定把自己在狼群中地位和命运的改变归咎在了一点上:这一切都是它那次扑咬主人造成的。所以它恨上了主人,觉得自己经受的一切痛苦和不幸都是主人带来的。

主人不计前嫌给自己治伤，这让白脸感到有点不好意思。

白脸趴在笼子里，睁开两眼，讨好地望着主人，喉咙里发出“唧、唧”的叫声，细小而微弱，让人不由得产生疼惜之心。

杨长生指着白脸说：“白脸，你怎么不张狂了？”

白脸眼中流露出讨好、歉意、请求主人谅解的光。它看到主人肩膀上的伤还没有痊愈。那是它的“杰作”，为此它付出了血的代价，得到了应有的报应。

杨洁问父亲：“咋样处置白脸？”

杨长生沉吟片刻，宽厚地说：“算了，它已经得到了惩罚，就饶它这一次吧。”说罢，他扔了一块肉给白脸。

白脸感激地望着他，用嘴叼起那块肉咬了一小口。它一小口一小口地吃着，吃一口望望自己的主人，然后低头继续吃。它吃肉的样子极其小心谨慎，显得心惊胆战、柔弱不堪，和先前发威时瞪眼、龇牙、刨土的凶恶样子形成反差，让人看着又气又恨又心疼。

杨长生对白脸说：“你这个狡猾的家伙，你就装吧！你比人还变得快，还能装。”

白脸似乎听懂了他的话，讨好地望着他，摇了摇尾巴。

杨长生不无感慨地说：“狼真是一种非常聪明而又狡猾的动物，它能揣测出人的心思，让人同情它。”

杨洁说：“是，白脸现在的举动就充分说明了这一点。”

杨长生说：“我就搞不明白了，它的这一切是从哪里学来的？难道是天生的，骨子里带来的？”

一时，父女俩都沉默起来，为这个困惑他们的问题陷入了沉思。

十八

经过一段时间的治疗，白脸的伤已经完全愈合。它对主人的态度也有了很大转变，没有了抵触和反抗，仿佛又回到了从前，变得温柔起来。对杨长生，它虽心存歉意，可还是有所戒备，好像主人随时都会向它寻仇，它也随时准备着反抗或者逃跑。

杨洁决定把白脸放回狼圈，让它重新融入狼的世界。

白脸的回归在野狼谷再次掀起了波澜。

看到白脸又站在了它们面前，群狼那股仇恨的火又重新点燃起来，又开始向它发起一次又一次的围攻。

白脸只好躲在一个偏僻的角落，迎接着同类的轮番攻击。

它感到悲哀。

在野狼谷上百只狼中，它的地位曾经仅次于狼王、北塔二，那些狼见到它都是毕恭毕敬，百般地讨好和献媚，不敢有半点冲撞。可如今，一切都变了，群狼把它当成公敌，公然挑衅，毫不留情。重回狼群，再次面对这种局面，白脸内心很难过，也很不理解。

它想要逃走，可是狼圈空间有限，它又能逃到哪去呢？

白脸忽然很留恋待在铁笼中的安闲日子，虽限制了自由，可吃喝无忧，可以尽情地睡安稳觉，不受干扰，不会受到同类的围攻。

它想再次得到主人的帮助，可茫茫夜色中，主人早已进入了梦乡。

它无助地仰天"嗷"地嗥了一声，声音凄厉而悲惨，带着深深的绝望。远天的星星颤抖了一下，群山回响起它的哀号，震荡着整个野狼谷。

“嗷——”“嗷——”“嗷——”，群狼回应。那声音变得粗犷起来，透出一股阴森、恐怖的威严之气，掩住了它的孤鸣。

白脸嗅到死亡的气息正一步步地向它逼近。它似乎感到自己的皮毛已被一颗颗尖利的牙齿撕烂，鲜血喷涌而出，染红了大地、树木和草丛。

它真想闭上眼睛就此死去，为自己的错误付出生命的代价。可是它又心有不甘！死在这些乌合之众手里，是对自己尊严的践踏。

它恨透了自己的同类。主人都能够原谅它，曾经情同手足的同类却非要置自己于死地。它们为什么要这样对待自己，是为了主人，为了人类吗？

白脸伤心欲绝。也许，死是最好的解脱。只有死，才能获得它们的谅解，才能解它们的心头之恨。既然这样，不如干脆成全了它们吧。

白脸趴卧在一个墙角，一动不动，绝望地闭上了眼睛。

群狼毫不客气地一拥而上……

十九

白脸挣扎着站了起来。它感到浑身疼痛，没有一处好地方。它很沮丧，情绪低落，对一切充满了仇恨。伤口渗着点点血滴，钻心地疼。而更让它感到疼痛的却是内心。它抱着诚恳认错的态度，夹起尾巴，忍气吞声，接受同类的轮番进攻，绝不还手。可那些同类却连一点最起码的同情心都没有，对一个弱者痛下杀手，欲置它于死地而后快。这样苟延残喘地活着算什么呢？从前的威风和地位已经荡然无存，如今的自己和行尸走肉有什么区别？它不希望得到这样的结局。与其这样，还不如拼死一搏，即使死去，也死得悲壮、轰轰烈烈。

它试着动动自己的腿脚，还行，活动自如。四颗犬牙完好无损，像四位坚守城堡的坚强卫士。嘴的张合强壮有力，一口咬断一只羊腿或者狼腿绰绰有余。它的内心顿时恢复了少许自信，涌起一股奋起反抗的欲望。它觉得，只要狼王和北塔二不向自己发难，对付那群乌合之众还是绰绰有余的。

这时天亮了，一轮朝阳从东山口子慢慢地移进了山谷，在起伏的山峰间游走。那道金光洒满了山洼的各个角落，使山坡的松林显得更葱郁茂盛，披上了一层淡淡的金光。

新的一天开始了，野狼谷显示出一派勃勃生机。

白脸看到主人一大早就开始忙了，没顾上到狼圈来。

杨长生最近很忙。野狼谷正在不断地扩建，空旷地带修了一排接一排的房屋。野狼谷的旅游业已经形成了一定规模，他正向车师古道拓展，想开辟一条旅游线路。杨长生是想在这里成就一番大事业，发展旅游业，让更多的人了解野狼谷，了解狼文化，了解神秘的车师古道。

白脸的心情一下明朗起来。它觉得今天自己的精神状态能迎击一切强敌。信念使它的内心变得强大，它不再惧怕什么了！

二十

第一个向白脸单独发起挑战的是贝贝。

贝贝身材不是很壮，却很灵活，经验丰富，征服过很多对手，这使它在群狼中拥有一定的地位和威望。

它沉稳地走向前去，瞪着两眼，一眨不眨地盯住白脸，而后又向前迈了一大步。

白脸静静地站着，观察贝贝每一个细微的动作，沉稳而冷静。它眼中没有一丝惧怕，喷射出一股愤怒、凶恶的光。那股光迎击着贝贝眼中的光。两股光撞击出耀眼的火花，然后熄灭；再碰撞，然后再熄灭。

贝贝又逼近了一步。

白脸前爪趴地，身子后伏，做出了跃起扑击的动作。

突然，贝贝腾空而起，带着一股凌厉的风，直向白脸压过来。

同一时刻，白脸仰起头，毫不示弱地向迎面扑来的贝贝一口咬去。贝贝的脖子被白脸咬了一口。白脸扭过头，又连续向贝贝扑咬。

贝贝前冲的速度有点过猛，它没想到白脸敢做出反攻。脖子钻心地疼。它强忍着疼，再次扑了上去。它吸取刚才过于轻敌的教训，身形闪动，快如闪电，攻向白脸的薄弱点。白脸不慌不忙，胸有成竹，沉着应战，使贝贝无法得手。

贝贝和白脸撕咬在一起。

一时狼圈内尘土飞扬，嘶吼声不断。白脸渐占上风，顿时信心大增。几个回合下来，贝贝被几次咬中，带着伤仓皇逃去。

白脸并不去追，只是伸展了一下身子，仰头挺胸，看着贝贝逃去的身影。

一只狼又冲了过来。它个头不大，显得无精打采。白脸不屑地向那只狼龇了龇牙，狠狠瞪了它一眼。

那只狼似乎不怕，毫无畏惧地仰天长嗥了一声。随即，四条黑影奔突而来，形成了一个圆形的包围圈，把白脸团团围住。

它们正是在物流公司屠杀邻居鸡的那五只狼。

白脸被激怒了，胸中的怒火熊熊燃烧。以前，这几个小东西哪敢冒犯它！可现在，竟然合起来向它发起挑战。

五只狼终于发起了进攻。它们很有作战经验，同时扑上去，用尖利的牙齿咬白脸身体的各个部位。

白脸用嘴迎面还击，把其中一只狼咬翻在地，但终究寡不敌众，身上、腿上、屁股上被蜂拥而上的其他狼咬伤。它转动着身子，疯狂地挥舞着前爪，把嘴伸向扑到面前的狼。但那五只狼太狡猾了，它们各自“嗖”地一口咬到白脸后，也不恋战，转身就跑。等白脸转身还击，它们已跑出了很远。

五只狼得手后，跑到不远处并排站定，静静观察着白脸的举动，寻找第二次进攻机会。

此时白脸心里明白，自己终究势单力薄，不是群狼的对手。要改变目前的状况和境遇，必须得到狼王和北塔二的原谅与接纳。尽管狼王和北塔二没有攻击它，可它们无声的支持给了群狼有恃无恐攻击它的底气。

白脸做出一副极为可怜的样子，眼里闪着泪花，夹着尾巴，匍匐着身子向狼王慢慢爬去。它做好了接受狼王严惩的准备。可是还没等它爬到狼王身边，北塔二便扑上来，一口咬翻了它。

白脸就地一滚，伸展四肢，做出讨好北塔二的动作。

北塔二并不多望它一眼，走回狼王身边，就像一位忠诚的卫士，时刻保护着狼王的安危，维护着狼王的地位和威严。

白脸有点不甘心，翻身站起，再次把身子趴在地上，爬行着慢慢向狼王挨近。它想用诚心打动狼王，感化狼王，取得狼王的谅解认可，以重新回到狼群。

狼王冷漠地高昂着头，眼中并没有流露出一丝同情。

北塔二没等白脸爬到狼王跟前，就又冲上前一嘴掀翻了它。白脸刚想做出求饶的姿势，却猛然发现周围草丛中闪现出无数双阴森森的眼睛，正从不同角度瞪着它。它感到情况有些不妙，只好知趣地夹着尾巴跑开了。

二十一

没几天，杨洁发现白脸又不对劲了。于光用飞针射晕白脸，把它抬了出来。白脸身上伤痕累累，有些伤口已开始化脓生蛆。

他们把白脸再次关在了铁笼中，让它好好养伤。白脸显得很安静。对它来说，铁笼是它现在所能待的最安全的地方了。

在铁笼里，白脸常常回想起那抹也抹不去的惊心动魄的一幕。

中央电视台《走遍中国》摄制组来野狼谷拍摄《猎狼人与狼共舞》电视专题片。拍摄时，群狼活动太分散，效果不太理想，杨长生便往狼圈里扔了一只活鸡。几只狼齐扑上去抢那只鸡，但距离太远，拍摄角度还是不太理想。

杨长生说：“我进去，把狼引过来。”

杨长生进了狼圈，招呼狼们过来。那些狼正在抢鸡，白脸以为主人是来和它争抢食物的，便一跃而起，飞身扑向杨长生。接着，两股劲风撞开了白脸……

摄影师的镜头拍摄下了这真实、惊险的一幕，达到了预期效果，圆满完成了拍摄任务。那一幕，白脸、杨长生，还有野狼谷的上百只狼，都记忆犹新。

那一刹那我真的想咬断主人的脖子吗？白脸反复问自己。在它的记忆和印象里，它从未产生过这样的念头。此前，它和主人之间也没有发生过任何冲突。那么，它何以会如此冲动，对主人发起攻击呢？

应该是那只鸡在作怪。血腥味勾起了它对食物的强烈占有欲，导致它野性突发，毫无理智地扑向了主人。

这段记忆太可怕了，时时浮现脑海，折磨它，使它内心充满愧疚和不安。当它被狼王和北塔二击倒时，它便后悔了。从那一刻起，它失去了在狼群中的地位，四面楚歌，寝食难安，无处可逃。

二十二

白脸伤愈后，杨洁决定让它在铁笼中再待一段时间，等父亲从国外旅游回来，由父亲把它亲自送回狼圈。那样狼们会认为白脸已得到主人的原谅，重新和好，就不会再为了给主人报仇而向白脸发起攻击。解铃还须系铃人，只有父亲才能消除群狼对白脸的仇恨。

白脸伤好后，眼中也流露出回归狼群的愿望。它看到同伴们在宽阔的圈舍中自由自在地奔跑、玩耍,早把自己的伤痛和群狼对它的攻击、排斥忘得一干二净。它渴望回归到它们当中,过属于自己的无忧无虑的生活。

杨洁隐隐感到了白脸内心的躁动、急切和焦虑。白脸有时仰望着蓝天、远山,长久地凝视,眼睛一眨不眨。有时,它望着在圈中奔跑的群狼,喉咙发出低沉的声音,急迫地在笼中转着圈圈。它用前爪、嘴撕咬钢筋,试图冲破铁笼,获得自由。

但杨洁知道这次不能再操之过急,否则白脸有再次受伤的危险。父亲是让白脸回归狼群的最后一线希望。

杨长生计划在有生之年周游世界。这次去北极,也是他的计划之一。在北极,这个号称“狼王”的老头,以七十一岁的高龄挑战自我,下水冬泳。他觉得到了北极不下一次水,会给自己的人生留下遗憾。

杨长生从北极回来后的第一件事就是去看白脸。

白脸看到他显得很激动,一改往日的态度,对他很友好,像是又回到了从前,扑起身子,舔他的脸,蹭他的身子。他用手抚摸着白脸的头、身子,然后拍拍白脸的头,把白脸带入狼圈,领着它慢慢地在狼圈中行走……

看到主人和白脸和好如初,亲密无间,狼王和北塔二惊疑地望着,有些疑惑不解。但随即,它们明白了主人的良苦用心,不由得摇晃起尾巴,友好地冲着主人和白脸“嗷”地叫了一声,似乎是在向白脸表示欢迎。

群狼也呼应起来。顿时,野狼谷响起了一片狼嗥声。

白脸终于又回到了它的伙伴们当中。

乡下那些事

烧坊庄子

相传清乾隆年间，有位姓吴的山西人，在阜康开烧坊烧酒，生意非常兴隆。四五年后，产酒量突然下降，怎么找也找不出原因，吴掌柜为此非常纳闷。有一天，酒大师悄悄对他说："掌柜的，酒产量下降，可能是酒仙要走，酒怕是烧不成了。"

吴掌柜一听慌了，忙问有没有什么办法留住酒仙。那时人们讲迷信，吴掌柜迷信更甚，所以一听这话就特别着急。

酒大师说："我们跟上它去，另开烧坊，就可重振酒业。"

于是，吴掌柜派人暗里观察，留心烧坊的异常动向。

一日，烧坊上空忽然升起一朵黑云，缓缓向东飘去。吴掌柜得知后，忙带着几个得力伙计，骑着快马，尾追黑云而去。他们追呀追，一直追到吉木萨尔境内，黑云落下了。

吴掌柜驱马向前一看，只见这片地方古木参天，密密匝匝，几乎都是榆树。树隙杂草丛生，郁郁葱葱，肥美茂盛。周围渺无人烟，土地肥沃，水源充足。吴掌柜领着一干人在周围转了一圈，最后选定在这块地方另建烧坊。他调工遣匠，修房建屋，果然生意又兴盛起来。这个地方过去没有地名，因为新开了烧坊，所以人们就把它叫“烧坊庄子”。

烧坊庄子生产的酒，味醇香浓，清澈透明。头工附近又盛产高粱，原料充足，因此酒的产量不断增加，畅销古城子（今奇台）、迪化（今乌鲁木齐）、伊犁等地。

几年时间，吴掌柜的烧坊就由原来的一个甑锅增加到四个甑锅，伙计由十几人增加到七八十人。除烧坊外，还有百余人、几十头牛在奇台上户、三台潘家台子种庄稼。这位吴掌柜也就成了远近闻名的富户。

据说自烧坊开张后，每天晚上都有一个身穿黑衣满脸白胡须的老头到此饮酒。他酒量特大，一次能喝两三大碗，喝罢便扬长而去，分文不给。天长日久，伙计们看不惯，就向他要钱，白胡子老头却说酒钱早已付过。伙计们气不过，遂将此事告诉了东家。

吴掌柜心知有异，但不能点破，只是笑着说：“不要管他，这么大的烧坊，他能喝多少，由他去吧。”

几年过去，二掌柜也看不惯了。伙计们怀疑他是妖精，合计要把这个白胡子老头除掉。吴掌柜再三劝说，大伙儿不听。吴掌柜知道要坏事，就打点金银细软，带着家小回山西老家去了。

吴掌柜走后，烧坊交给姓潘的二掌柜经营，人称“潘贡爷”。一天晚上，白胡子老头又来到烧坊，坐在甑锅旁接了一碗淋子酒，一口气喝干。当他去接第二碗时，藏在暗处的伙计突然跳出来，一开山斧砍进老头肩膀。只听一声惨叫，一道火光夺门而去，再看地上，除一摊血迹外，什么也没有，大家十分惊奇。

第二天一早，潘掌柜带领伙计顺着血迹，在东南四里路的密林中找到一棵三人抱不拢的双杈榆树，那把开山斧还砍在一个杈上。潘掌柜令人拿来锯子，却无处下锯；用斧砍，坚硬难入。

最后实在没有办法，就让铁匠打了一条粗铁链，将这棵大树缠住。没多久，这棵参天大树便枝干叶枯，而烧坊的生意也日渐萧条，人员流散，牲畜死亡，房倒屋塌，最后终于倒闭。

泉脑——胀坝

烧坊庄子往东五公里处有一片天然牧场，春夏之际，绿草如茵，葱葱茏茏，像张硕大无边的天然绿毯，一望无际。在那绿毯上，一支涓涓细流静静流进烧坊庄子，灌溉着烧坊庄子一千多亩肥沃的土地。

那股细流从泉脑流出。泉脑地势低洼，绿草丛生，许多泉眼汩汩地冒着清冽的泉水。泉水汇集在一处，形成一股很大的水流，水流被一道大坝拦截住，顺着人工开挖的渠道向西流去。

大坝是人工修筑的。坝前形成了一个天然的人工湖，水清如镜，映出蓝天白云，阳光洒在明净的水面，波光粼粼。湖边长满了芦苇和毛拉草，偶尔有几只鸭子“呱呱”叫着，在草丛中追逐嬉戏。在那水天一色的湖心，鱼儿不时地跃出水面，溅起一朵朵银白的水花。坝后是一片很大的沼泽。沼泽很宽，中心凹下，留下了被大水冲击的痕迹。青青的小草密密地连成一片，人踩上去，像踩在厚厚的草垫上，软软的，似乎要将人陷落下去。春夏两季，牲畜是不敢向这里涉足的，但到了秋天，水位下降，这里便成了天然牧场。那片沼泽形成了一个很宽很长的洼地，通向下游村庄——叶家湖。

据说烧坊庄子在清光绪年间便已成废墟，只剩下一些残垣断壁。当时孔才组织人到这里开荒，垦种了一千三百亩地。

最早来烧坊庄子垦种的只有四户人家：两户汉族人——孔家、黄家，还有一户维吾尔族和一户乌孜别克族人家。为了引东面的泉水浇地，烧坊庄子人曾与下面的叶家发生多次纠纷。官司打到县衙，因双方互不相让，官府难以判决，只好采用听天由命的办法：拉来一只山羊，言明羊朝哪里走，水就往哪里流。结果羊向西去，这股泉水也就断给了烧坊庄子。为此，烧坊庄子人修了一道拦水坝，当地人把它叫"胀坝"。那时候泉水很大，灌溉着烧坊庄子的一千三百亩地。由于水源充足，土地肥沃，庄稼年年丰收。

冬日的榆树林

烧坊主人走后，地就由孔家耕种。他们在烧坊的遗址上修房造屋，住了下来。渐渐，又陆续搬来了几家。没几年，这里已居住了六七户人家。多数都是本地老户，只有一家姓田的，是从关内逃荒来的，算是新来户。

几户人家住得很集中，各家只隔百十米远，近的也就二三十米。但还是被茂密的树木所隔开，只有被砍伐开的一条条小路通往各家。这里的人们除了种地就是砍柴，每家门前都堆了一垛小山似的榆树梢子。夏天，用它烧火做饭；冬天，用它烧火取暖。

田有顺一家初来这里，只分得了几亩撂荒的薄地。又和田志没日没夜地干，新开垦了一些地，打下的粮食凑合着能接上新粮了。但因为被父母分了出去，田志一家到了山穷水尽的地步。

田有顺有两个儿子。大儿子田根在县上工作，二儿子田志在家种地。田根聪明，喝了几年墨水，能说会道，每次回家总是捎点东西娘长娘短地问候一番。田志忠厚老实，笨嘴拙舌，手脚勤快，每天只知道下力干活。在娘的心上，他的分量比起在县上工作的哥哥要轻得多。

田根媳妇仗男人之势，出手阔绰，嘴甜心苦，说话、办事极能讨得婆婆的欢心，又一连生了两个大胖小子，真成了婆婆的掌上明珠。

田志媳妇自幼受惯了苦，耿直朴素，勤俭持家，却因生了个丫头而遭白眼和歧视。

公婆态度的不同是摆明了的。整天抱着田根的胖小子抖着、悠着，“宝贝长、宝贝短”地唤着，对田志的小丫头却连望都不望一眼。

入冬的一天，田根从县上回来，不知什么原因，田根媳妇闹着要分家。自然，爹娘把老实巴交的田志分了出去。秋天虽然收下了不少粮食，却没有给儿子一粒。只给了一口锅，两只碗，一间破房。田志呆愣了一会儿，沉闷地颤声说：“娘，兰兰妈没在，这家不能分。”

娘沉着脸说：“她心里哪有这个家呀！一去就是半个月，撂下自己家不管，这里里外外全都撂给我。我娶媳妇为啥？娘家好，就让她住去。你们单另过，哪怕她长年累月地蹲在娘家呢。”

田志无话对答。的确，妻子回娘家有半个月了。可她身子重了，就要坐月子。一年忙得回不上一次娘家，现在闲了，就回去住了些天。生了孩子，冬天恐怕难得回去了。

可是现在突然被分了出去，妻子要是回来，今后的日子可怎么过？

田志难住了。

他说服不了娘。他怨恨老大田根，一肚子的委屈和苦水不知该向谁倾诉。

辛辛苦苦干了一年，却没分得一把米面，而老大一家一把没干却吃现成的，天底下竟有这样的理吗？

一个北风呼啸、大雪纷飞的早晨，田志赶着马拉爬犁去接妻子。田根望着消失在雪雾中的背影，对媳妇说："去时是三个，回来就是一个，窝囊鬼！"

田志冒着风雪跑了四十多公里，到了岳母家。见了媳妇翠梅，眼圈一红，伤心得一句话也说不出口。

翠梅有孕在身，将要临盆，看丈夫脸色有异，忙问："家里出了什么事？"

田志嘴唇抖动着，强忍住泪水，颤声说："娘把我们分出去了。"

"啥？"翠梅简直不敢相信自己的耳朵。她高声嚷着："我不在，为啥要分家？"

田志无力地叹了一口气，垂下头说："老大回来了。老大家闹着要分，娘就把我们分出来了。"

翠梅着急地问："都给我们分了些啥？"

田志愤愤地说："啥都没给。"

"天啊，这日子可怎么过呀！"翠梅失声痛哭起来。

田志急得直搓手，连声说："唉，哭也没用啊！"

翠梅突然气鼓鼓地说："你回吧，我死也不死到你们田家。你这死鳖啊！"

"唉！"田志愁苦地用双手抱住了头。

翠梅伤心地低泣着。看着丈夫身上那单薄的、补丁叠补丁的衣裳，蓬乱的长发，浓黑的胡须，瘦削的脸庞，心里难过得要命。

婆婆太狠心了。她清楚地记得，秋收刚完，婆婆给了田志五个鸡蛋，让他去街上理发。田志嫌丢人，没去。多少天过去了，头发还没理，才二十几岁的人，看上去像个老汉。

她止住眼泪，心疼地望着丈夫说："我就要坐月子了，回去没米没面，不是寻死吗？"

田志抬起头，望了妻子一眼，又把头垂下了。他紧紧握住双拳，用拳头捶打着自己的膝盖，像浑身凝结着无穷的力量无处发泄。忽而，他坚定地抬起头说："我说还是回。回去想办法。打下的粮食足够吃，娘能看着我们挨饿吗？我到外面找些活干，再挣几个。"

翠梅长出了一口气："别指靠娘了。孩子我就在这儿生，回去命都难保住。"

"唉！"田志又重重地叹了一口气。

没几天，一个婴儿便在这寒冷的冬天来到了人世。

田志给人家帮工、卖柴挣几个钱，买些面，冒着严寒，步行几十公里送到岳母家，看看妻子和孩子，而后返回。

翠梅出月，田志赶着马拉爬犁把她和女儿、刚满月的儿子接回家。

那是一间低矮的土坯房。木门板裂开了口子，一个劲地往里灌冷风。窗子像一个长方形的小洞，竖着安了几根木棍，上面糊了一层纸。屋里阴暗而又寒冷，房顶和墙脚结了一层茸茸的白霜。新砍的榆树枝填进炕洞里，燃烧不起来。翠梅趴在炕洞前，一腿跪着，一腿屈着，两手拿着一只锅盖扇火。扇一下，火星子

“扑”地一亮，随之一股呛人的浓烟便冒了出来。她不时咳嗽着，使劲扇动着锅盖，整个屋子烟雾腾腾，冻得人直打战。

炕上，三岁的兰兰围着一床破被子，头、嘴、鼻子用一条毛巾围着，只露出一对黑亮的、泪汪汪的眼睛。弟弟玉富在棉被的另一头睡着，脸上盖着一件衣裳。不知是由于冻，由于饿，还是由于呛，他可着嗓门哭，“哇哇”的哭声像刀子在剐母亲的心。翠梅放下锅盖，爬上炕，俯身在儿子身边将干瘪的奶头塞进他口中。

哭声停止了。玉富用小嘴吮吸着乳汁，冻红的小手舞动着，像要抓住什么。吮吸了一阵，玉富松开奶头，“哇”的一声又哭开了。

翠梅将侧躺的姿势变了变，将另一个奶头塞进儿子的口中。玉富吮吸了几口，扭过头，又可着嗓门哭起来。

“唉，不吃东西哪有奶水呢？”望着啼哭的儿子，翠梅的泪水又涌出了眼眶。

兰兰定定地望着她，用小手扯下围在嘴上的毛巾，怯怯地说：“妈，我饿。”

翠梅用衣裳将玉富的脸盖好，翻身坐起，拉起毛巾，蒙住兰兰的嘴，低声说：“兰兰，听话，妈去给你做吃的。”她下了炕，拿着面盆和碗到上房挖面。

婆婆阴沉着脸，定神地瞪着她。看她把面挖到了盆里，猛然气呼呼地说：“分开家了，还搅和啥呢！自己把自己的日子过好，吃现成的没那么容易，我可没有那么多粮呢。”

翠梅望着挖到盆里的面，带着哭腔说：“娘，地，我们也种了；家，我不知道就分开了。这冰天雪地的，没吃的让我们一家四口咋活？娘，手心手背都是肉啊！”

婆婆一下跳了起来:“好呀,你还顶撞起我来了。我问你,啥都给你,我和你爹怎么过?你们年轻力壮的,咋不挣去?那些年,逃荒要饭几千里路,我们是咋么过来的?”

翠梅望着暴怒的婆婆,心跳了一阵,强忍着泪水,低声说:“娘,你不看我,还看两个孙子哩,现在到哪去挣钱啊?”

婆婆扑了过来:“犟嘴!我管不住你,你成婆婆了。我去告你。”

翠梅终于忍不住,伤心地哭出了声,把面倒进面柜里,跑出了门。

田志带着一股冷风走进家门,望着哭成泪人的媳妇和媳妇怀里啼哭的孩子,把背着的布袋放下,喘着粗气说:“麦子借来了,先煮些吃罢。”

翠梅放下孩子,擦干眼泪,穿鞋下炕。

田志解开袋口。翠梅凑近一看,皱了皱眉,把手伸进袋里,抓出一把麦子,放在眼前看着,用手翻拨着。而后,又伸进手,从袋子深处抓出一把麦子,仔细地看了一下,然后把麦子扔到了袋子里。她脸上露出了失望的神情,果断地说:“这麦不能吃。”

田志吃了一惊,也把头凑过去,惊疑地仔细看着麦子。

麦粒子半饱,沾了一层细土。麦粒间有很多碎土块、麦衣子和老鼠屎。用手抓一把,扔下去,就会扬起一股尘土。

“唉,老张叔家就剩这些仓底子了,咱这新来户都不宽裕啊。”

“还是原送回去吧,这麦不能吃。穷得连锅都揭不开了,要是再吃出个病来,一家人还不得死呀!”翠梅说。

田志为难地长出了一口气:“你已经一天没吃了。你不吃点东西，哪有奶喂孩子呢？用水多淘几遍，吃起该不要紧吧。”

“这麦不能吃，还是另想别的办法吧。”门口传来一个声音。

田志和翠梅转过头，见是爹不知何时进了门，手里端着一个盆，歉疚地望着儿子和儿媳妇。

翠梅招呼一声：“爹过来了，炕上坐。”

田志立起身，木呆呆地站着，望了爹一眼，又把头垂下了。田有顺走到炕桌跟前，把盆里的东西倒在桌上的一只小盆里。田志和翠梅把眼光移了过去，原来爹端的是面。田有顺沉重地说：“先将就着吃吧。唉，都怪爹没本事，没置下家业啊！你们是不是砍些柴去卖呀？”他俯下身，望着哇哇哭叫着的孙子，摇着头叹息着，端着空盆回屋去了。

唉，这个漫长而寒冷的冬天可怎么度过啊，田志和翠梅不由得同时重重地叹了一口气。

田志望着那片神秘的榆树林。林子被一层迷蒙的浓雾所笼罩。雾像一张硕大无边的巨网，灰蒙蒙地散布开来，强行地压缩着空间，使房屋、树木若隐若现，朦朦胧胧，恍恍惚惚。

太阳出来了，浓雾渐渐消散，消失在了树林的深处。

阳光显得很慵懒，没有活力。远处的天际一层白蒙蒙的气流在浮动。一阵不知是东是西是南是北而来的风，冰冷地从四面八方吹来，使他不由得一阵颤抖。

风是冷的。天是冷的。人的身上是冷的。一切的一切都是冷的。

这就是冬天。这就是三九严寒。

只有那片榆树林静卧在雪地里，显得幽深而又寂静。

他望着那片林子,毅然向林子坚定地大步走去。

林子莽莽苍苍,一望无际。高大粗壮的百年老榆撑开它巨大的华盖,上面凝结了一层霜花,犹如满树梨花铺天盖地,起伏弯曲着把蓝天和雪野分割开来。那老榆交错的树隙,散布着一株株或大或小的榆树,还有一丛丛荆棘,使得树木密集的地方竟然走不过去一个人。

林子对于这里的几家住户来说很是神秘,谁也不曾到林子里独自走一走。出门就是榆树,跟前的榆柴砍不完,谁还愿意冒险到林子深处去呢? 况且,林子深处常传来一声声狼嗥,更使人心里增添了无法摆脱的恐惧。

田志决心去冒这个风险。既然有狼,就会有野兔。兔子肉不是也可以当饭吃吗? 此时,他已到了山穷水尽的境地,只有铤而走险了。

人虽在心理上害怕狼,但其实狼也害怕人,不敢在大白天出来伤人。狼不饿急眼是不会轻易吃人的。要是再前怕狼后怕虎,饥饿终将会夺去一家人的性命。

他不再犹豫,腰上别了把开山斧,迈开大步,向林子深处走去。

榆树林静极了。密密的树丛挡住了眼前的视线,一棵棵粗壮的老榆拔地而起,树顶密集的、深灰色的枝条凝结着一团团洁白的霜花。荆棘、杂草丛生的雪地上密布着一行行、一片片杂乱的禽兽踩踏留下的足迹。一不小心,碰到一棵树,“哗”的一声,满树霜花像凌空而下的瀑布,直扑在人的头顶、脖颈和身上。他想躲闪,“哗”,慌忙中又碰上棵树,一树霜花又毫不吝啬地赠送给了他。

啊，这大自然的造化，美极了。

一时，田志竟忘了苦恼，像调皮的顽童一般，左一脚，右一脚，奋力踢起树干。他的身子不时地腾跃着、跳蹿着、躲避着“哗哗”而下的霜花。猛然，他一下呆立在那里，站着不动了，任满树的霜花把他罩在一团纷飞的雪雾中。

他想起了家，想起了啼哭的孩子和翠梅愁苦的面容。

“唉！”他感伤地四下望着。突然，从一丛荆棘里露出了一个细长脑袋。那脑袋上竖着两只尖长的灰耳朵，头一伸一缩，四下探望着。他的心一阵兴奋——那是只兔子。

他抽出开山斧，猫着腰，在树丛的掩护下轻手轻脚地向兔子靠近。兔子像是听到了动静，跳了一下，跑出荆棘丛，警惕地望着，见再无什么动静，便又若无其事地寻草吃起来。

他定定地盯住那只兔子。兔子很肥。它用爪子刨着雪，刨出雪下青黄色的干草，用牙齿清脆、香甜地嚼着。猛然，他的胃里涌起一股股的酸水。兔子香甜的咀嚼声触动了他难耐的食欲，他的肚子“咕咕”叫起来。

早晨的面糊糊早已消化完了，他使劲咽着口水。妻子和女儿也饿了吧，她们要能吃顿兔子肉该多好啊！他屏住呼吸，悄悄地向兔子靠近，四米、三米……兔子惊觉地一抬头，见一把锋利的斧头闪着寒光劈面而来，猛然一纵，开山斧和兔子擦身而过。

兔子跃起身子向前纵去，田志从深雪里拾起斧子往前追。兔子跑得很快，左一蹿，右一蹿，蹦蹦跳跳地在树隙、荆棘丛中穿行，把他远远甩在了后边。他骂着狡猾的兔子，不顾一切地往前追着，不知不觉进入了榆林深处。这里的树木更加茂密，抬起头，只能看到被密集的霜花分割成无数片的细小的蓝莹莹的天。

他突然有点害怕，警惕地盯着四周，生怕会跳出一只狼。但想到哇哇哭叫的孩子，妻子忧愁的眼光，和那肥胖的、借着树林逃跑的灰兔，他又毫不犹豫地向前追去。越往里走，林子越深、越密，蹄印越多，分不清从哪里来，到哪里去。四周不时传来“扑、扑、扑”的声音，不知是什么东西受了惊吓，从树丛蹿过。他不敢往前走了，不由得停住了脚步。毕竟来这里时间不长，又没有进过林子，对这里的一切都不太熟悉。他无可奈何地摇摇头，顺着自己的来路往回走。刚走了几步，他看着林子里遍布的细榆条，狠狠地说：“不能空手回去！”他发狠地砍起细榆条。他和翠梅从小便跟父母学了一手编筐的技艺，他决定把细榆条砍回去编筐子卖，再在林中下些套捕捉兔子，这样度过冬天应该是不成问题了。

寒冷的风包围着他，侵袭着他，用它像刀子一样的利刃剐着他的脸耳手脚。他浑身瑟缩着，脸和耳朵开始发胀发疼起来，手和脚也早已冻麻木了。他不时地把手伸到嘴边呵热气，搓搓手，然后用双手捂住耳朵，同时双脚在雪地不停地跺着。

他的衣着极其单薄。头上围着条破旧的围脖子，上身穿件打着很多补丁的小棉袄，腰上勒了根烂草绳，脚上穿着皮窝子。棉袜子太薄，皮窝子里又垫了一层麦草。在这呵气成霜的冷天，他这一身穿戴，根本无法抵御寒冷。

他捂了一阵耳朵，感到脸耳手脚不太麻木了，又动手砍起来。他有点后悔，忘了带把镰，用开山斧砍细榆条，效率实在太低了。要是用镰刀割，会快很多。

他砍着，想着林中的兔子。从雪地上的爪印看，这里的野兔一定不会少。要想捉住它，唯一的办法只有下套了。

今年冬天，就靠这片榆树林了。

他为自己的发现感到高兴。只要不怕挨冻受苦，度过冬天是没问题的了。到了开春，日子就好过了。自己的日子得自己巴挣，靠别人施舍和借，那就像房檐的水——毛毛雨，是不顶用的。

他把榆树条捆了一捆，用力扛起，顺着来路回家了。

涝坝——童年快乐的摇篮

烧坊庄子的那股泉水，终日涓涓流淌着。渠沟曲曲弯弯，把清凌凌的泉水送到村南的涝坝里。涝坝很大很深，里面长满了高高的芦苇。芦苇几乎封住了整个水域，只有靠闸门的地方露出不大的一片水面，那是小孩子们游泳的场所。涝坝晚上蓄水，白天放水灌溉农田。于是，这条小渠，这个涝坝，便成了村里孩子童年时快乐的摇篮。

清晨，沐浴着金色的阳光，柱子和根子、小黑牛穿过大片农田，走过好大一片芨芨草滩，到渠的上游——泉脑捉鱼。

泉脑是一片宽大的沼泽，密密的青草连成一片，细细的水流在草丛下缓缓流淌，脚踩上去，脚窝里顷刻就注满了水。拔出沾满泥水的脚向前迈去，草皮颤悠悠地晃动起来，似乎稍一用力，就会把他们陷到里面去。他们三个不怕。他们早已熟悉了草地的承受能力，欢快地追逐着跑起来，溅起的泥点水花满身满脸都是。

玩得尽兴了，他们便开始捉鱼。沿着小渠一段一段地向下游捉。其实他们捉鱼的方法很简单：拧一个钢圈，横拴一个木杆，钢圈上绷一块网，柱子和小黑牛把钢圈绷在小渠的窄处，根子顺着渠水往下蹚。根子比他俩高，长两条长腿，蹚水捉鱼极有经验。他不时地把脚伸到渠水的草下，“哗、哗”蹬两下，又赶快把脚踩在渠心的泥沙里，蹚起一股浑浊的水。击起的水花溅了满脸，使根子那张小脸显得格外滑稽可笑。待到了网前，他猛地一阵猛冲，柱子和小黑牛“唰”地把网一提，啊，好多的鱼。

红日当顶，他们满载而归。带着胜利者的满足和喜悦，他们三个来到涝坝的宽堤上，脱去衣裤，赤条条地并排站在涝坝的闸门上，望着闸下翻涌的浪花，一个老爷拔草，“扑、扑、扑”几声，一起后仰跌进水里，一个鱼儿钻沙向远处潜游，直到一口气憋不住了，才猛地钻出水面，抹一把脸上的水，呼喊两声，望着刚钻出水面的同伴，用手掌擦着水面向前推去。于是，一股白白的水柱便溅击在对方的眼睛上。对方受不住这猛烈的攻击，背转身，两手刨水反击。在灿烂的阳光下，水面绽开了一朵朵晶莹的水花。忙乱中，也不知是谁先败下阵，仓皇地跑上了涝坝堤。于是，一个跟一个钻出水面，仰身躺在堤上，捧几捧滚烫的细沙，盖住肚皮和小鸡。

这时，阳光就显得格外温柔，好像把它无限的柔情融进了万道光波里。他们静躺在长堤上，望着蔚蓝的天空、轻纱般的流云。发烫的沙粒贴着他们的背，热流渐渐地传遍全身，心里涌出了一种说不出的惬意，一时间谁也不说话。

根子忽地翻身坐起，猛地喊一声：“来，打水漂，看谁打得多。”

柱子和小黑牛一起响应。于是翻身站起，抖落身上的细沙，各自去找薄片子石头。

顿时，平静的水面上便出现了一长溜、一长溜腾起的浪花。

有的石片奔跳着，像燕子击水一般击起一长串闪耀的水花，直蹿进青翠的芦苇丛中……

掏鸟蛋

张嘎娃是个娃娃头。在一帮子娃娃中，他不算大，也不是最小的，可他机灵，点子多，一块儿玩下的娃娃都听他的话。

夏天，他和几个小伙伴最喜欢掏鸟蛋，渠沟里、树上、牛棚、马厩，凡是鸟建窝产蛋的地方，都有他的身影。

村里的土渠两边堆积着很肥的黄土，渠沿长满了茂盛的野刺和芨芨草，还有各种叫不上名字的小草。草丛里开着五颜六色的小花，由于时常流水，土质肥沃，渠边的野刺、蒿草长势格外葱郁。

每当渠里不流水了，张嘎娃便带着小宝、强强去渠里掏鸟蛋。在渠沿做窝的多是黄肚肚雀。这种鸟和麻雀一般大，脖颈和肚子之间有一块黄毛，毛色鲜艳亮丽，很讨人喜欢，叫声像唱歌一般，清脆悦耳，委婉动听。它的窝是用叼来的小树枝、干草和麻做成的，就坐落在深草丛中。

这天，张嘎娃和小宝、强强顺渠行走，弄出的响动惊起了一只黄肚肚雀。它“扑”地从草丛蹿出，仓皇地飞向空中，望着不怀好意的来访者，“叽叽”叫了几声。

它的飞扑暴露了自己的小窝。张嘎娃在它飞出的地方很顺利地找到了鸟窝。它筑的窝很隐蔽，在一簇野刺的中间，窝前有一条它进出踩平的小路，光洁平整。窝里卧着五个鸟蛋，还温热着呢！

张嘎娃毫不犹豫地将鸟蛋掏了出来。

张嘎娃家中有一小盆各种各样的鸟蛋，每个种类两三个，似乎是他的标本蛋。他时常向那些一块儿玩的小娃娃们展示自己的成果。在众多的孩子中，只有他的鸟蛋最多最全。

那时烧坊庄子树多，渠边地埂到处都长着大榆树和白杨树，各种鸟也就多了起来。在树洞里筑窝的是黑雀，喜鹊和乌鸦在树杈上筑窝。还有一种大鸟，叫黄毽子，是鹰的一个品种。它把窝筑在很高的杨树上，使人难以攀爬上去。

村中最高的钻天杨上面，就筑了一个黄毽子窝。这棵杨树有水桶那么粗，躯干笔直，而且少杈，树杈的间距隔得很开，让想爬上此树的人望而生畏。

张嘎娃准备试试。

他望着那个黄毽子窝。窝在树的梢头。这棵杨树高耸挺拔，少说也有十多米。他两手抱着树干，双腿也交叉着盘住树干，两手和两腿交替着向上移动，一点一点地向上爬。手终于抓到了树杈。他费力攀过树杈，将脚踩在树杈上，顿时有了着力点，攀爬的速度一下就快了。

张嘎娃终于爬到了树梢。窝边飞旋着的两只黄毽子“呱呱”地悲叫着，在张嘎娃的头顶扇动翅膀，带着“呼呼”的风声，发疯般向张嘎娃起伏俯冲扑击，声声啼叫凄惨、哀怨，像要和张嘎娃做拼死的抗争。

张嘎娃把手伸进鸟窝，摸到一只毛茸茸的雏鸟。雏鸟张开黄嘴，啄他的手指。他抓出那只雏鸟。鸟还太小，像是刚出壳几天。他略微犹豫了一下，又将雏鸟放回了鸟窝。

那两只黄毽子扑击得更凶了。它俩凄惨地叫着，扇着双翅，在张嘎娃的头顶来回飞旋，尖利的鹰嘴像要啄瞎他的双眼。

张嘎娃心里有点害怕，警惕地提防着黄鹞子的扑击，心“怦怦”狂跳着，很后悔自己非要掏老鹰蛋。没想到这老鹰太厉害了。可是，在他所有鸟蛋中，唯一缺的就是老鹰蛋了。

那两只黄鹞子真是发疯了。它们猛地飞向高空，然后凌空而下，直扑向他的头顶。他抱紧树干，慢慢往下溜。人都说上树容易下树难，的确如此。他两眼盯住远处，不敢向下看。偶尔向下扫一眼，就感到头上的血往上涌，脑袋发晕。小宝和强强在他的眼中变成了两个小点。他俩惊恐地向上望着，张大嘴巴，不敢哭也不敢喊。看着两只大鸟一下下向张嘎娃扑击，他俩的心被惊吓得提到了嗓子眼。

远处的太阳变成了一个燃烧的火球。几朵黑云黑压压地直扑过来，天空霎时变成了黑色。张嘎娃的眼睛蒙上了一层泪水，模糊不清。他突然想起了母亲，在心里喊了声：“妈妈！”产生了一种身子向下栽的感觉。

两只黄鹞子看他离开了自己的窝，没有伤害到自己的孩子，停止了攻击，只是在空中盘旋。张嘎娃的心稍许平静了一些。他稳住心跳，手和脚紧紧抱住树干，一截儿一截儿地下移。他的双脚终于落在了坚实的大地上，一种后怕的感觉突然涌向心头。

他抬头望去，那两只黄鹞子已恢复了平静，但仍在高空盘旋着，像两个忠诚的卫士，尽职尽责地守护着孩子。

他摸了摸自己的脑袋，而后望着小宝和强强，傻傻地笑了起来。

瓜园子

那几个刻着十字的种瓜分布在瓜园子的四周，其中瓜棚边就有两个。赖娃每天给爷爷送饭都要悄悄踱到那两个种瓜跟前，看它又长了多少。他望着那两个种瓜，馋得直咽口水。那会是多么鲜红的瓜瓤啊，吃一口简直甜掉牙。

种瓜上刻下的十字已经结了痂，一天天变得坚硬起来。他跟爷爷在瓜地转过，默默地记住了那十二个种瓜，知道了它们的准确位置。西瓜开园，打上记号的种瓜是不能卖的，让吃瓜的人把子吐出来就行了。当然，种瓜不是随便哪个人都能吃上的。他时常看到只有那个绰号叫“老狼”的队长来了爷爷才切种瓜，其他人根本吃不上。

种瓜全让“老狼”吃了。“老狼”吃得油光满面，挺着将军肚，连走路都很费劲。他是最近两年发福的。他应酬多，吃得好，很多场子推辞不掉，把血压喝高了，脂肪吃出来了，村里人送他一个外号叫“天蓬元帅”，把他和猪八戒归到一块儿了。“老狼”本名叫周浪，因他为人奸诈、狡猾、心狠手辣、好占公家的便宜，村里人把他的周姓省略了，干脆直呼他为“狼”。由于“狼”字叫起别扭、不顺口，在“狼”的前面又堂而皇之地加了一个“老”字，一下使他的名字显出了厚重。他到瓜地来，准带几个人，每次来都带着一个长得很好看的女人。她叫杨玲，因“老狼”和杨玲有一层不清不楚的微妙关系，人们也送给杨玲一个外号，叫“小羊”，大有羊入狼口的意思。“老狼”一来，爷爷立刻显得毕恭毕敬，赶忙起身让座，殷勤地去很远的地方摘一个刻着十字的种瓜，拿一把长刀把瓜切开，把瓜牙子整齐地摆在小桌上，让队长和随行人员吃。

“老狼”毫不客气，也不说话，只是低头吃瓜。几个人很小心地把瓜子吐在手心，然后又放在小桌上。

爷爷坐在窝棚里，低头抽旱烟。

赖娃盯住“老狼”的嘴，“老狼”咽一口瓜，他咽一口口水。“老狼”咽得快，他也跟着咽得快。到后来，他有点咽不及，便跑到爷爷身边，眼巴巴地望着那几个吃瓜人，把口中涌满的口水费劲地咽下去。

赖娃感到不公。他真想掀翻桌子，让他们都吃不成。

“小羊”说：“给赖娃一块瓜吧。”

“老狼”说：“小娃娃不会吐子，不能吃。”

“小羊”说：“李背锅子呢？”

“老狼”说：“满地的西瓜，你还愁他吃不上？他吃瓜的时候能让你看见？”

“小羊”不吭声了。

赖娃从女人的口中知道了爷爷有个不好听的名字。那名字从女人的口中说出，听起来那么别扭、不顺耳。爷爷只是行走佝偻着腰，却获得了这么难听的一个外号！这几个讨厌的人，爷爷却摘了种瓜让他们吃，真是太可惜了。

赖娃愤愤地想：爷爷才不会背着人吃瓜呢！给他送了二十几天饭，他从没让我吃过一次瓜。

的确，爷爷的脾气太直了。他守着这么大的一园子瓜，自己从来不吃瓜。为堵大家的嘴，他也不让孙子赖娃吃。人们都说他傻，集体的东西，让孙子吃一个瓜有啥呢！可他就是认死理，就是不让孙子吃瓜,好像私下偷偷地让孙子吃一次瓜,会对不起谁似的。

赖娃想出了一个绝妙的办法。他用小刀把一个种瓜挖出了一个三角子洞,把他的屎灌了进去,又小心翼翼地把洞口完整地合起来。

后来,那个瓜长得很大,但“老狼”拿刀一切,却散发出一股臭味。“老狼”恶狠狠地骂了声:“他妈的!这是谁干的?!”

一天晚上,赖娃约了两个娃娃,悄悄地潜入一块玉米地,向瓜园偷偷地摸过去。

那块玉米地紧挨着瓜地。从玉米地摸出去,不费什么事便进了瓜地。

微弱的星光下,瓜地笼上了一层神秘的色彩,碧森森的。满园的西瓜在绿叶丛中泛着青光,散乱地排列着。地边的瓜窝棚在远处只是一个凸显的圆点,朦朦胧胧,忽隐忽现。他们知道,那里面住着一个很厉害的看瓜人。

他远远地看到了爷爷。一到晚上,他便不停地巡视着。玉米地边拴着一条很灵性的黑狗,瓜地稍有一点动静,那条黑狗便叫起来。狗一叫,便会从很远的地方飞来硬实的土块,落在瓜地里。

赖娃知道,是爷爷在拿撂撇子毫无目标地四处乱扔,以此吓走偷瓜的娃娃。

爷爷的撂撇子能将土块扔得很远。也不知是什么人发明了撂撇子这种工具:在一根绳中间做一个小布兜,兜着一块土坷垃或小石头,绳子的一头握在手中,一头用两指捏着,用手臂将绳子用力抡转起来,有了一定的惯性和力度后,将捏住的绳头放开,布兜里兜的土块就会被送到几十米以外。而且,爷爷撂撇子的技术又熟练又准,往往会从瓜窝棚投到玉米地里。村里的娃娃都知道爷爷撂撇子的本事不得了,谁也不敢去瓜园偷瓜。

只有赖娃不怕。因为那条黑狗不咬他,使他很容易地便靠近了瓜地。

但爷爷铁面无私他是知道的。他不能让爷爷发现。如果爷爷发现是他偷瓜,那他肯定得挨揍。

于是,他和那几个孩子一出玉米地便趴倒了。他们听了听动静,观察到没被爷爷发现,便一个跟着一个向前爬去。他终于找到了一个刻着十字的种瓜,便毫不犹豫地把它摘了下来,并狠狠地在心里骂了一句:"我让你个烂'老狼'吃,你吃不如我吃!"把那只大种瓜顺着瓜沟滚出了地外。

他和小伙伴们有些得意,一进玉米地,竟轻轻地笑起来。大黑狗猛然吠叫,随即一块土坷垃便落在了玉米地里,玉米叶子"哗啦啦"地响起来。他们感到一定是被看瓜的爷爷发现了,于是脱了上衣,扣上纽扣,把瓜装了进去。他们倒提着衣服,用力把瓜甩在背上,猫着腰,快速在玉米地中穿行。实在跑不动了,便停了下来。等他们感到安全了,急不可待地打开了一个瓜。瓤是白的,是生瓜。又打开了一个,还是生的。赖娃打开了那个刻着十字的种瓜,竟也是生的。他们几个全傻眼了。他们搞不明白,为什么偷来的瓜全是生的。

这瓜不能偷吗?

大梁湾

大梁湾又称“打粮湾”，因其土质好，水源充足，无论是种小麦或是玉米，都能获得好收成。大梁湾的地特别有后劲，小苗看起很弱，但只要禾苗把根扎下去，就会疯长，短期内就会变得根粗苗壮。只要合墒时把种子播进土地，秋天准是一个大丰收。大梁湾这块地因高产稳产而闻名十里八乡，它是烧坊庄子头份子一类地，村里人称它为最好的地心子。

二十世纪七十年代，大梁湾几百亩肥沃的良田全部种植了小麦。那时的生产队多以种小麦、玉米、土豆为主，其他作物的种植面积很小。小麦成熟期，这片地就像一片金色的海洋，微风吹来，便涌起一道道起伏的金色麦浪……

这年，人们看到自己种植的小麦喜获丰收，禁不住激情澎湃，热血沸腾。生产队召开社员大会，提出口号：全民出动，打一场龙口夺粮的硬仗，五天拿下大梁湾。

这句充满豪言壮语的口号，鼓舞着社员们火热的心。于是，一个个像出征的战士，鼓足了必胜的决心。

要知道，那一片金灿灿的麦子，在往年最少得收割十天。如果遇上下雨，就会遭受很大的损失。把时间缩短成五天，没有雄心壮志，不付出心血和艰苦的劳动是绝对办不到的。

驻生产队工作组组长、叶家湖党支部书记杨书记率先搭了第一趟，紧跟其后的是队长、各作业组组长，全队的男女老少排成一条长龙，向大梁湾这片金色的麦海发起了宣战。

随着“嚓嚓”的镰声响起，只见麦田银光闪烁，人头攒动，身子起起伏伏,一个紧随着一个,谁都不甘落后也不敢落后一步,因为稍慢一点,后面的镰刀就会割了前面人的脚后跟。于是,谁都不敢怠慢,个个奋勇向前。

杨书记从外围搭刀,后边的人紧随其后,围着大梁湾这块地拉起了长趟。有人把这种割法叫“鬼推磨”。说得直白一点,就是搭上趟的人谁也偷不上懒。

队里选出了两名割麦标兵,分别是杨海和孔木匠。两人正值中年,身强力壮,在几十号人中可谓力气大、技术好。队长指派李老汉专门为他俩磨刀,他俩只是轮流换镰,人不停,手不停。

太阳像个大火球,毒毒地蒸烤着大地。汗水顺着他俩的脸颊流淌,背心被汗湿透了,紧紧贴在背上。他俩顾不上擦汗,弯腰挥镰猛割。开镰第一天,每人就割了七亩地,开创了全县割麦亩数最高的纪录,让那些强壮得从不服人的壮小伙都感到佩服和震惊。

铁姑娘队也不甘落后。她们白天个个争强好胜,晚上就成了一摊泥。突击这几天,都住在队部办公室,早晨起床得一个个往起扶。她们实在太累太疲倦了。

队上的男女劳力用五天时间完成了收割任务,打了一场龙口夺粮的漂亮仗。

烧坊庄子得到了大队、公社、县上的表扬。州文工团专程来到烧坊庄子进行慰问演出。一时,五天拿下大梁湾给烧坊庄子带来了空前的荣誉,烧坊庄子人感到真正做了一件令自己骄傲的事情。

民间杂技

五天拿下大梁湾大会战结束，州文工团为烧坊庄子进行了慰问演出，同台献艺表演的还有本村的村民——钱金彪。

钱金彪是江苏南通人，支边来到新疆，被分配在烧坊庄子。他光棍一条，无儿无女，日子过得极其贫寒。

州文工团演出结束后，他站出来说要给大家表演杂技，于是领导邀请他为大家表演。

当时演节目只是在一个砖铺的篮球场上，观众或站或坐围聚在一圈。钱金彪很自然地站在了人圈中的空地上。

他表演的第一个节目是气功。将细铁丝绑在胸部，从胸部往下直到肚皮，共绑了十八道细铁丝。他举起一个双人条凳，对准自己的脑袋“砰、砰、砰”砸了三下，然后用足全力鼓气，猛地一用劲，细铁丝“砰、砰”都绷断了。接着，他又让人取来一个玻璃瓶子，把瓶子用铁锤砸碎，把碎玻璃吃进嘴里，用牙齿把玻璃咬得“咯嘣、咯嘣”响。那响声直听得人提心吊胆。咬成碎末后，他喝一口水，把玻璃碴儿送下肚，而后又咬一口碎玻璃……

一会儿工夫，他把碎玻璃全吞吃了下去，看得观众惊心动魄，把心提到了嗓子眼。

事后，村里人都担心他会被划破肠子和胃而死，留心观察着他家的烟囱冒烟没冒烟，却见他房顶的烟囱在早、中、晚都照常冒着炊烟。

几天后，人们看到钱金彪在村中行走，像个没事人一样。人们顿时对他肃然起敬。

老抠外传

队里有个出名的老抠叫狗娃子，外号“铁公鸡”，他的抠门和精打细算那是一般人不能匹敌的。

他从开春、夏天一直到秋季，除了阴天下雨，下地干活都是光着脊背，从不穿背心、小褂，把脊背晒得黝黑发亮。队里人给他起外号叫“反光背”，说他的脊背黑亮得能反光。他给人解释说：“衣服脱惯了，穿上难受，光膀子凉爽。”可每个认识他的人都知道，他这是为了省衣服。

他挣下的钱都进了银行，除了必需的生活用品非买不可，从不多花一分钱。肉舍不得吃，菜舍不得买，老婆做饭多放点清油还得挨他的骂。那女人因为长期缺营养，脸上黄瘦无光泽。队里人都知道他手里有一点钱，劝他该花得花，不能亏了自己，把身体搞垮了。他对人们说：“吃好着哩，喝好着哩。”究竟吃没吃好，只有他自己知道。

自他成家立业以来，他舍不得吃肉喝酒，只有在队里人过红白喜事请他吃席，他才能够放开肚皮大吃一顿，大喝一场。那种吃相，就像馋疯了一般。并且，从青年到中年，他从没请别人吃过饭，喝过酒。别人喊他他从不缺席，每次都是白吃白喝，从不回请别人。队里人谁和他打交道都得吃亏，渐渐，没人和他来往。他没了人缘，几乎活成了一个独人。

一次，小队去粮食局卖玉米，选派了几个壮劳力，其中就有狗娃子。结果玉米化验出水分有点高，必须倒在仓库院内的砖场子上晒，等化验合格了才能卖。他们一行几人只有耐心地等待。

中午，他们去饭馆吃饭，组长张茂点了过油肉拌面。狗娃子提前声明，自己从不吃肉。

张茂说："饭钱由队上出，你不吃自己另点。"

狗娃子不吭声了。平时，他确实不吃肉，可那次，他比谁都吃得凶，还喝了半瓶酒。

饭后，张茂才说："今天的饭钱平摊，挂到账上，到年底结算时扣。"

狗娃子当时就翻了脸："各掏各的，你咋不早说？你这不是骗人吗？"

张茂笑眯眯地说："我早说了，你吃吗？别后悔了，不就吃一顿过油肉嘛，还能把谁吃穷啊？"

狗娃子两眼冒火，瞪着张茂，恨不得给他一拳。他一时气不过，抓起桌上剩下的半瓶子白酒，"咕嘟嘟"倒了一茶杯，一仰脖灌下肚，气呼呼地走了。

到了仓库，狗娃子已经醉了。他在摊开的玉米上整整睡了一下午，把该干的活都扔给了张茂他们。

队里只有一个人不在背后说他的坏话，并对他有一个公正的评价。这个人就是王二愣。他也是听他儿子说起狗娃子，才对他另眼相看的。

王二愣的儿子叫王刚，在县农业银行工作。因为小伙子是从烧坊庄子出去的，狗娃子每次存款都找他。王刚还帮他给山东老家小弟弟汇过几次款。王刚听到队上人议论狗娃子抠，私下里悄悄对父亲说："队上人错怪他了。他抠不假，可是他每年春节前都找我帮他给他母亲寄三千块钱，有一年还寄了五千。有一次他听说老家的姐姐生病了，便给姐姐寄去了一千元。这样有孝心的一个人，他怎会抠呢？”

王二愣也想不通这么抠的一个人，怎么会做出如此儿子娃娃的事来。如果这事让全队人知道了，还会说他抠门吗？

人啊，是不是只看到了一点表面现象，就把一个人内心深处闪光的东西全部忽略了？

一时，王二愣陷入了沉思。他想到了父母，想到了孝道，想到了儿女对父母的回报。放宽思路一想，他倒猛然觉得自己还不如抠得一毛不拔的狗娃子了。自己的钱都花到哪了？而狗娃子抠，却把钱用到了正道上。狗娃子所做的一切，让他感到吃惊和羞愧。

这个让队上人看不起的吝啬鬼，却把他王二愣惊醒了。

走失的小女孩

尕丫头是在去找妈妈时误闯进芨芨湖的。她一进芨芨湖便迷失了方向，再也找不到回家的路了。

芨芨湖在村子的下边，很大，芨芨很密集，一丛连着一丛，连成了一大片。在一片郁郁葱葱的绿色中，裸露出大片的泛白的盐碱地，脚踩上去软乎乎的，像踩在柔软的细沙上，随着脚步的迈动，飘浮起一股很咸的细尘，不经意间钻入裤腿，和腿上沁出的汗水融合在一起，在小腿和大腿上布了一层很脏的污秽，使腿奇痒难受。

尕丫头一进芨芨湖便被比她还高的茂盛的芨芨淹没了。她看不到前面的路，盲目地奔走着。其实芨芨湖哪有路啊，只在芨芨稀少的地方显出泛碱的空地，或大或小，毫无规则，被一丛丛芨芨分割出无数的碎片，形成了变幻莫测的奇异形状。既找不到入口，也找不到出口，似乎四处都是路，又根本没有路，尕丫头彻底迷路了。她望着天空的太阳，向着那个方向走去。

这时，她眼中的太阳变成了血色，在高空乱晃着。她向它走，它也向她走，可始终走不到它的跟前。她走累了，感到又饥又渴，可还是走不出那片芨芨湖。她望着远方，那片芨芨湖无边无际，深不可测，使她无法看到尽头。她有些害怕了。奶奶讲过，深草中有狼和蛇，会咬死人的。她不知狼和蛇是什么东西，只能凭想象觉得是很厉害的东西。她疯狂地奔跑着，四处冲突，还是跑不出去。那片芨芨湖太大太深了，她不由得吓哭了。

尕丫头的哭声惊动了一个牧羊的老人。他顺着哭声找过去，很快便在芨芨丛中发现了尕丫头。老人走近尕丫头，慈祥地望着她，和蔼地说："这不是刘家的尕丫头吗？你咋跑到这来了？"

尕丫头止住了哭，哽咽着说："我要找妈妈。"

老人又问："你是不是迷路了？"

尕丫头像见到了救星，擦了一把眼泪，点点头。

老人说："你跟我走吧，我把羊放饱就送你回家。"

尕丫头感激地"嗯"了一声。老人拿下肩上背着的水壶递给尕丫头，又从背包里取出一块馍馍递给她，温和地说："别怕，有爷爷在，会带你回家的，你先吃点吧。"

尕丫头接过老人递来的馍馍与水，不客气地吃喝起来。现在，她还真是又饿又渴了。

老人说："你跟着我，我还得再放一会儿羊。等羊吃饱了，我们就回家。"

尕丫头点着头，跟着老人走。

女孩看到在那片很大的芨芨湖散布着很大的一群羊，有黑的、白的，还有花的，它们正悠闲地啃吃着芨芨草和碱滩上的小草，像要把那片绿色全部吞进肚里。

尕丫头跟着老人，看到羊群在安闲地吃草，一时也忘了害怕。她喝了水，吃了东西，身上有力气了，便学着老人跑着拦截那些不听话、爱乱跑的羊。不一会儿，她便恢复了童真，欢快地奔跑起来。

中午时分，老人赶着羊群走出了芨芨湖。远远地，尕丫头看到自己的爸爸、妈妈急急地向芨芨湖奔来。她便“哇”的一声哭了，而后向爸爸、妈妈飞扑而去……

寻梦罗布泊

一

许峰一行九人进入了罗布泊。

罗布泊位于塔里木盆地东部的最低处，塔克拉玛干沙漠最东缘，素有“死亡之海”之称。

瑞典探险家斯文·赫定在《亚洲腹地探险八年》一书中写道：“罗布泊使我惊讶，罗布泊像座仙湖，水面像镜子一样，在和煦的阳光下，我乘舟而行，如神仙一般。在船的不远处几只野鸭在湖面上玩耍，鱼鸥及其他小鸟欢娱地歌唱着……”

被探险家赞誉过的这片水域现在已完全消失，罗布泊成了令人恐怖的沙漠瀚海。

许峰带着石友胡二宝、作家李迎春、摄影师孙立民以及他们的夫人，两车八人闯进了罗布泊。

梁金虎驾着自己的车给他们当向导。

三辆车一头扎进沙海，齐头并进，向前狂奔，在漠野荡起几股沙尘，遮天蔽日，瞬间淹没了飞驰的车辆。

梁金虎带着他们驰进了著名的罗布泊天坑，围绕着天坑狂奔起来。天坑像一口深锅，硕大无比，车只有围着坑壁向下盘旋，才能逐渐下到坑底。从上往下看,他们的车就像三个小火柴盒。

梁金虎冲在最前面。他好像在考验许峰和胡二宝的驾驶技术。三辆车像离弦的飞箭,绕着坑壁越旋越深,直达坑底。梁金虎跳下车,对许峰说:“你们开的这两辆车性能不错,你俩的驾驶技术也都棒棒的,怪不得你们敢来罗布泊呢!”

八个人中,作家李迎春是好奇心驱使,想领略一下罗布泊的自然风光、气候环境和那种与别的地方不一样的神奇,写出一篇精彩的游记,携夫人杨春燕来罗布泊体验生活的。摄影师孙立民从许多杂志上看到有关罗布泊的图片,一直渴望来罗布泊拍出与众不同、能获大奖的摄影作品,所以经作家一撺掇,便带着老婆孔令娟跟着来了。许峰和妻子姚美丽,胡二宝和妻子罗艳珍,四个人是玉石爱好者,经常自驾游搞一些户外活动,几乎跑遍了祖国的山山水水,捡下的石头可以用吨来计量。他们想在罗布泊捡到奇石异宝,以圆自己的寻宝梦。进入罗布泊,他们都是第一次。

出发前他们做了周密的计划,备好了帐篷和生活用品、照明设备,以及棍棒之类的防身用品。他们当中,领头的许峰勇敢果断,胡二宝计划周密,李迎春集智慧与勇敢于一身,摄影师孙立民则显得沉稳寡言。

进入罗布泊,他们在一家简陋的小客栈先住了下来。客栈男主人叫梁金虎,女主人叫严红,河南人,两口子靠在这里经营客栈、餐厅、小卖部维持生活。客栈设在罗布泊边缘,主要接待过往行旅。每年来罗布泊的人并不多,有探险的、考察的,更多的是来罗布泊捡石头的。两口子平时没事便进罗布泊捡石头。更多的时候,客栈由严红管理,梁金虎带游客进罗布泊腹地探险,带石头爱好者捡奇石。没人来的淡季,梁金虎便到附近的铁矿干活。

梁金虎来罗布泊已经有些年头了,对罗布泊充满了好奇和热爱。他经常带游客和捡石头的人驾车游遍罗布泊,对罗布泊的地形地貌非常熟悉。许峰他们来时,罗布泊已处于半封闭状态。好在李迎春有作家协会的会员证,孙立民有记者证,梁金虎才答应给他们充当向导,把他们带进了罗布泊。

二

三辆车穿行在天坑的丘壑之间。车在坑壁的脊柱上,像随时会一头栽下去。在迂回曲折中,车速逐渐地慢了下来。沙尘散尽,他们将车停了下来。梁金虎说:“到了,就在这一带宿营吧。你们明天出了天坑,在周围转转。这里的地貌很特别,你们肯定会喜欢的,顺便你们还可以捡一些奇石。”

梁金虎还有事,扔下他们便回客栈了。

李迎春第一次见到如此令人震撼的地貌。车已下到了坑的底部,停在丘壑之间,像两只爬行的怪兽蹲伏在坑底。

这时,夕阳西下,正是拍片的最佳时机。孙立民按动快门,“咔嚓、咔嚓”地拍摄起来。

天坑辽阔博大,丘陵纵横,空旷而悠远。天坑的边壁奇形怪状,远远看去,像一幅幅美妙绝伦的图画。坑底是起伏的戈壁,偶尔可见几丛沙生植物分布在沙砾中。那原始的地貌形态各异,似丘陵,似山壑,色彩斑斓,接连起伏,和西天的晚霞相映生辉,光芒四射。

傍晚,他们搭好了帐篷,开始埋锅造饭。李迎春和孙立民聊着美景，许峰和胡二宝聊着石头，女人们则把玩着捡到的奇石，抑制不住心中的兴奋，不时地插上几句。许峰第一次领众人来到这荒无人烟的罗布泊腹地，心中不免有些没底。看着天空闪烁的繁星，想着沉入沙海的自己，感觉自己就像一粒沙，渺小而无力，随时都会被风卷起，沉入无际的大漠。半夜，他被一个奇怪的噩梦惊醒。他梦到了一只狼，离他很近，正用绿莹莹的狼眼盯着他，令他毛骨悚然。他猛地一激灵，便醒了，发现是在做梦。他回忆着梦中的情景，有点害怕。外面刮着风，吹得帐篷呼呼作响，像有无数鬼魂在向帐篷碰撞。尽管他跑过许多地方，也经历过许多险恶之事，但对罗布泊还是心存敬畏，生怕会发生什么意想不到的事。

他坐起来，外面除了风声，并没有什么动静。他望望其他人，都在呼呼大睡，鼾声四起。他感到尿憋得慌，便壮着胆子走出帐篷。猛然间，他看到在明亮的月光下，地上满是发亮的石头。奇怪了，昨天怎么没有发现呢？是不是一场风把石头全刮出来了？他没有声张，回到帐篷悄悄睡下。因惦记着那些石头，他并没有睡踏实。第二天一大早，他便爬起来，到发现石头的地方去看。眼前的情景使他惊呆了，心“突突”地狂跳，许久都没有平静下来。地面上都是蛋白玉、宝石光、戈壁羊脂，它们平铺在沙滩上，在晨光中闪烁着银色的光，刺得他眼睛都模糊起来。他大声呼叫着胡二宝、李迎春和孙立民，让他们赶快起来。那几个人不知发生了什么事，一骨碌翻起身跑了出来，一看满地的玉石，不由得欢呼起来，并快速扑向那片石头，不顾一切地捡拾起来。孙立民不失时机地抢拍了一些镜头，便放下相机也捡了起来。他们很快便装满了一皮卡车，直到把那些玉石全捡完了才罢休,兴奋得完全忘了苦与累。

车装满了,问题出来了,超载的皮卡车根本开不出天坑。许峰说:“用我的车拖,其他人从后面推,这样总可以上去的。”

大家一致同意。于是在许峰的越野车后面拴了一根绳,拽着皮卡车爬坡前行,李迎春和孙立民还有女人们在车后推。路坑坑洼洼,几乎都是沙梁。车从坑底往上开,得绕着沙梁向上攀爬。遇到沙滩,车轮就陷进去了,李迎春和孙立民便用铁锨铲去轮胎前面的沙粒。铲一截儿,车往前移一截儿。他们两个都是文化人,没干过重体力活,不一会儿工夫便累得满头大汗,脸涨得通红。才两天时间,他俩便被罗布泊的风沙和太阳刮晒得黑而憔悴。遇到沙子堆积很深、很厚的地段,他们就把车垫、防潮垫、褥子取下来铺在沙包上,免得车轮陷进去。许峰的妻子姚美丽忍不住说:“这么大的天坑,啥时才能走出去?干脆把差点的石头扔掉一些,这样车就陷不住了。”

胡二宝说:“这些石头可都是宝啊,哪有差的,说啥也不能扔!”

姚美丽说:“这是什么地方?死亡之海!许多人都莫名其妙地在这里消失了,连怎么死的都不知道。你舍不得石头,难道连命都不想要了?”

许峰说:“乌鸦嘴!我们这么多的人,还能走不出去吗?死的都是探险家,是一个人独闯罗布泊,知道吗?”

姚美丽说:“人多有啥用,一场沙尘暴全完了。不要舍命不舍财,是石头值钱还是命值钱啊?”

李迎春说:“都少说两句,省下劲推车。”

许峰和姚美丽自感闲抬杠没用,便不吭声了。

他们把皮卡车推到平滩,已是夕阳西下了。大漠中少有的壮观景色,把李迎春和孙立民吸引住了。其他人一个个累得又饥又渴,趴在沙滩上不动,取出馕和水吃喝起来,只有孙立民嚷嚷着要去拍照,并让李迎春陪着去。

许峰说:“都别乱跑!我们吃点东西,赶快往回返。这里到处都有想不到的好景,明天再拍也不迟。”

他们简单地吃了些馕,喝了点矿泉水,便又上车,直向大漠的纵深地带驰去。车走了一个多小时,才见到一片梭梭林,几乎都已干枯,活着的很少。那些梭梭毫无生气地兀立着,使苍茫的大漠更显得凄凉、悲壮。

孙立民将头探出去,随着车的颠簸抢拍着。许峰看他对摄影那样执着,便将车停下,让孙立民去梭梭林中尽情拍摄。

孙立民和李迎春向梭梭林的深处走去。梭梭林分布在沙丘上,时而可见几株红柳、铃铛刺生长在林中,稀疏而毫无生气。那奇异的沙包,如丘陵起伏延伸着,毫无规则,被风打造得奇形怪状、形态各异。这种景观只有在罗布泊才能见到。孙立民快速按动着快门,李迎春仔细观察着沙丘在夕阳的照射下发生的微妙的色彩变化。不知不觉间,天色暗了下来。这时,突然刮起了一股怪风,卷起沙尘,呼啸着在梭梭林中起伏翻滚,荡起的沙尘在暮色中把梭梭林遮盖得一片黑暗。他们摸黑转了几圈,却发现还在原地转悠——他俩找不到返回的路了。

天快黑了,李迎春和孙立民还没回来。许峰判断李迎春和孙立民一定是迷路了。

同时,他也突然发现,他和胡二宝似乎没有走对返回罗布泊客栈的路,他们转出天坑,向相反的方向驶去了。

三

李迎春和孙立民想原路返回去寻找许峰他们,却感觉越走越不对劲。大风吹走了一切痕迹,他们找不到自己的脚印。孙立民判断了一下方位,看到前面凹下去的地形,便带着李迎春向那里奔去。

天黑得像口锅,散乱的梭梭像蹲伏在沙丘上的怪兽,张牙舞爪地伺机向他们迎面扑来。他俩由紧张转为恐慌,生怕此时乱树丛中跳出一只狼。

李迎春急了,对孙立民说:“糟了,天这么黑,我们怎么找到许峰他们呢?”

孙立民说:“我们好像走错了方向。”

李迎春说:“我也觉得不对劲。可是我们刚走过的路怎会没有一点痕迹了呢?”

孙立民说:“这里地形复杂,而且很相似,绕来绕去好像还在原地。”

李迎春说:“现在我们应该向外走,走出这片林子,才能找到停车的地方。”

孙立民说:“奇怪了,我们出来了一会儿工夫,怎么就走不回去了呢?”

李迎春说:“这个地方太恐怖了,怪不得那么多的人都死在了这里!”

孙立民说:“大作家,你别说得那么吓人,让人浑身起鸡皮疙瘩。”

李迎春说:“不是我吓你,我查过很多资料,罗布泊的自然环境很复杂,有时还会出现幻觉,刚走过的地方会在一阵怪风过后起变化,让人迷失方向。”

孙立民说:“我一年四季走南闯北,去过昆仑山、阿尔金山,穿越过独库公路、川藏公路,什么危险没经历过啊,怎会在这里迷失方向呢?怪事!”

李迎春说:“是啊,真怪!”

孙立民说:“现在怎么办?”

李迎春说:“我怎么知道!你判断一下方位,我们现在在哪?”

孙立民说:“我也无法判断,只有继续找了。”

李迎春说:“没目标怎么找呀?”

孙立民说:“那也不能待在原地啊!待在原地被动等待,我们是走不出去的,他们更找不到我们。”

李迎春说:“那我们继续往出走吧,不知他们急成啥了!”

孙立民说:“对,继续往出走,我就不信两个大活人还能让这片梭梭林困住了!”

他们仔细地查看了一下周边。四周一片漆黑,看不到什么明显的标志物,只有梭梭的枯枝静立着,在夜色下显得阴森可怖,似乎在看他俩的笑话,在等待他们的死亡。

他们根本无法判断出具体方位。走,他们不知该向哪个方向走;不走,又不行。他俩左右为难,不知如何是好。

四

许峰和胡二宝不见李迎春和孙立民回来,顿时感到情况不妙。而且他们也发现自己走错路了，意识到了目前处境的严峻性。他们两个顺着李迎春、孙立民进梭梭林的路找了几圈，没有发现他们的踪迹。又担心几个女人的安危，便急忙返回。这时天已经黑了，他们招呼几个女人赶快过来，商量一下现在该怎么办。

那几个女人在附近不远处捡石头，正捡得起劲呢，听到许峰和胡二宝呼喊，不知发生了什么事，便赶了过来。这才知作家和摄影师到现在还不见人影，估计是迷路了。他们也走错了方向，不知跑到什么地方了。

胡二宝焦急地说："他们两个不见回来，咋办？"

许峰说："刚才我和二宝去梭梭林找了几圈，根本不见他们的人影。"

杨春燕说："那我们开上车，赶快去继续找。"

孔令娟说："对，他们能看到车灯的亮光呢！"

胡二宝说："我们的车装着这么多石头，怎么在梭梭林里开？"

许峰说："那我们就宿在这里，等他们回来。"

胡二宝说："我们宿在这里没什么作用。我的意见是先回客栈，把石头卸下来，再返回来找，大家看咋样？"

杨春燕说："要不我们把石头卸在这里吧。回客栈再返回来，那得多长时间？"

孔令娟说："我同意杨春燕的意见，把石头卸了，找人要紧。"

胡二宝说："你们救人心切，这我理解。可是这么黑的夜，我们又不熟悉这里，到哪去找人呢？不要人没找到，把我们自己也弄丢了。"

杨春燕说："要回你们回，我去找人。"

胡二宝说："这么黑的夜，我们出去一个丢掉一个，到时候谁找谁啊？"

"我们丢下他们两个回客栈？不行，坚决不行！就没有其他办法了吗？你们两个大男人，走南闯北什么经验没有，赶快想办法啊！"杨春燕带着哭腔央求。

胡二宝说："现在确实没有什么好办法。"

杨春燕又望着许峰，哽咽着说："许哥，你是领队，你说句话啊！"

许峰无奈地说："唉，胡二宝说得没错。"

胡二宝说："这样吧，先把石头送回客栈。这些石头我给你和孔令娟一人分一份，你们这次出来的费用就不让你们承担了，咋样？"

杨春燕说："我不要石头，我要找人。人都没了，我要石头干什么？"

罗艳珍说："对，赶快想想办法，得把李迎春和孙立民找回来呀！他们一个作家、一个摄影师，可是两个宝贝呢！"

姚美丽撇着嘴说："宝贝个啥！不让他们跑，还非得去拍什么照！这一片荒滩，有什么好拍的。我们跑遍了全国各地，什么好景没见过，至于对这个荒漠这么动情吗？"

罗艳珍说："和你谈这些，等于白说，作家和摄影师的事你真不懂。"

姚美丽说："你一提李迎春我就来气，一天就知道写，穷得连给杨春燕买条裙子的钱都没有。还有孙立民，有两个钱，尽买了摄影器材，光那些玩意儿就花了十几万！捡石头明明能挣大钱，他们放着石头不捡,却去拍什么照。你们知道吗?胡二宝给你们的石头,能买一辆车呢!"

许峰生气地说:"闭嘴!人家是文化人,干的是造福人类的事情。有两个钱就了不起了?对社会做的贡献有他们大吗?"

姚美丽也发火了,愤愤地说:"胡哥捡了十年石头,置下了三套楼房、五间门面房、两辆小车、一个大玉石店,比一下,是谁做的贡献大?在社会上是谁风光?"

杨春燕说:"你们别吵了。我家李迎春穷,我认了,可别人再有钱,我也没眼红,何必把话说得这么难听?"

孔令娟说:"就是,损人干啥!"

姚美丽说:"我又不是说你们,我是说那两个男人。"

杨春燕说:"李迎春不是我的男人啊?"

孔令娟也说:"孙立民惹你了吗?你干吗损他?"

姚美丽脸涨得通红,一张富态的脸由于肌肉的抽拉激起了一块横肉,不大的眼睛射出了两道凶光。她高高仰起头,轻蔑地望着那两个女人,显出一副泼妇相。她的声音一下抬高了一倍:"好啊,说了你们男人几句,你们两个还翻脸了。那天,是谁们两个叽叽咕咕地嚷着穷日子没法儿过了呢!"

杨春燕说:"姚美丽,我算看清你的真面目了!你不就是有两个臭钱吗,有什么了不起?"

姚美丽的脸气得变了形。她抬起双手,抖着两个手腕上戴着的大金镯子和玉石镯子,气哼哼地冲杨春燕说道:"咋了?不服啊?我就是有钱,想穿什么就买什么,尽买高档的。你长得漂亮顶啥用?人是衣裳马是鞍,跟上男人就是图吃穿。哼!"

杨春燕和孔令娟顿时被噎得一句话也说不出来。

姚美丽虽然长相一般，却满身的珠光宝气，两只手上戴满了黄金戒指，脖子上吊着玉坠，耳朵上戴着一副大金耳环，身上穿的衣服全是名牌。看她这身打扮，根本不像是来这荒无人烟的罗布泊，而是要去逛高档大商场。

许峰一声断喝："住口，姚美丽，说话口上积点德。作家是受人尊敬的人，李迎春并没有惹你，你为什么和他过不去？"

姚美丽说："这不是话赶话，被作家夫人气昏头了嘛。"

杨春燕眼眶里涌动着的泪花终于控制不住地流了出来。她咬着嘴唇，对孔令娟说："走，我们的男人我们去找。人遇到事了才能看透人心。求人不如求自己，现在的人，谁都靠不住！"

孔令娟应道："对，我非要找到孙立民，生要和他生在一起，就是死，也要死在一起！"

杨春燕和孔令娟不顾胡二宝和许峰的阻拦，一头扎进了暗夜之中。突然，她们的胳膊分别被两只有力的大手抓住——胡二宝和许峰硬是把她俩拽了回来。

胡二宝说："黑咕隆咚的，到哪去找人？人没找到，自己先丢了。听我的，赶快回客栈。老梁对这里熟悉，必须让老梁带上我们去找。"

许峰说："是啊，与其干等，不如赶快去找老梁，他肯定有办法。"

杨春燕和孔令娟觉得胡二宝和许峰说得有理，只好同意了。

五

胡二宝他们回到罗布泊客栈已经半夜了。梁金虎一看那一皮卡车玉石，不由得惊叫起来：“噫，乖乖，你们可真行，捡到了这么多的宝贝！”

严红也随声赞叹：“哎呀，属你们运气好哩。俺在这开店十多年，没见过捡这么多玉石的人。噫，真行哩！”

梁金虎两口子惊叹着，眼睛都瞪圆了。他们在这开店，是见过大世面的人。来这里探险的人从戈壁滩回到客栈，晚饭后就和梁金虎聊天，听这个河南汉子讲自己的过往经历和许多有趣的故事。

梁金虎老家在河南南阳，是玉石集结地。南阳市的平县石佛寺镇，有来自全国各地从事玉石、玉雕生意的十多万商户。当地政府为发展玉石文化，为石佛寺的玉商修建了公租房、幼儿园等。

梁金虎来自玉都，却没有受到玉石文化的熏陶，缺少对玉石的基本认识和了解。他十多年前就来到了罗布泊。他把平时捡到的玉石运回老家，在修新房子时，竟然把十四吨玉石当成基石埋在了墙基下面。后来，他慢慢地接触了玉文化，才知道那些埋在墙基下的玉石都是宝。之后，他时常对玩玉的人说：“我的房子是在玉石堆上砌起来的，价值连城呢。”

梁金虎两口子正在欣赏玉石，却猛然发觉到了什么，急忙问：“咦，作家和摄影师呢？”

杨春燕“哇”的一声哭起来，孔令娟也在抹眼泪。

胡二宝低垂着头说：“他们两个跑丢了。”

杨春燕抓住梁金虎的胳膊，哭着说：“梁哥，救救李迎春和孙立民吧，求你了！”说着，就要给梁金虎下跪。

梁金虎忙拉住杨春燕，说：“放心吧，我会救他们的。他们在哪个地方跑丢的?”

许峰说:“我们出了天坑,跑错了路,不知跑到了什么位置。那个地方有一片梭梭林,多数都已枯死,他们进去拍照,便没有出来。现在需要准备些什么吗? 我们一块儿去。”

梁金虎说:“我知道那个地方哩。你们先把石头卸了,然后休息。明早赶快到公安局报警,把警察带到他们走丢的地方,然后分头去找。我现在就去找他们。”

杨春燕说:“梁哥,带上我吧,我也去。”

孔令娟也跟着说:“我也要去。”

梁金虎说:“车跑的是一个线路,人多没用。你们明天坐胡二宝、许峰的车去找。你们对这里不熟悉,随上警察去找,不然会迷路的。”

许峰不放心地问:“黑灯瞎火的,你一个人行吗?”

梁金虎说:“这个地方我跑遍了,放心吧!”

杨春燕央求:“就让我和孔令娟给你做个伴吧!”

梁金虎坚决地说:“算了,你们跟上我,还得让我操心,就不要给我添乱了。”

杨春燕说:“多一个人就多一份力量,我担心他们的安危,我非去不可。”

孔令娟说:“我也去,你们别拦我。”

许峰说:“再有几个小时天就亮了,我们报警后一块儿去,别再耽搁时间了,让老梁快去吧!”

“老梁说得对,我们就听老梁的吧。”胡二宝也劝道。

梁金虎往自己那辆皮卡车里扔了几个废旧轮胎,便开着车向夜的深处驶去。

六

罗布泊沉浸在一片无边无际的黑暗之中。夜,像倒扣着的一口锅,把旷野挤压在一片狭小的空间里。目光所及之处,隐现着随风摇曳的树影枯枝,像无数鬼影在风中跳舞。远处,黑压压一片,透着一股阴森森的冷气,像逼人的鬼怪,张牙舞爪,把他俩笼罩在一片黑暗之中。

李迎春想到了书中的记载,心想:这个地方果然是凶险之地。我们两个走南闯北、见过世面的人,竟然睁着两眼迷了路,不得不说此处怪异。凭他们以往的经验和判断力,他们应该能找到正确方向,沿着自己的来路顺利返回,可偏偏他们的判断出现了失误,感觉离许峰他们竟然越来越远了。

李迎春是小县城小有名气的作家,曾自费出版过一本散文集,是新疆作家协会会员。他时常去外面采风,把本地的自然风光、人文情怀用文字描述出来。他写遍了家乡的山山水水,倾注了自己的全部心血,为家乡的建设和发展尽情讴歌。可不幸的是,正如姚美丽所说,他热衷于自己的事业,却把家庭搞得一团糟。首先是经济出现了危机。他没有正式工作,没有丰厚的经济来源,两口子靠经营一个小小的迎春书屋维持生计,但是书屋的生意很不景气。他自己出版的书起初摆在一进店门一个很起眼的地方,后来因无人问津,他便把那本自己认为是得意之作的作品挪到了一个小角落,将它永远冷落到了那里。书店的收入刚够维持他清贫的生活,他出版的书和写的其他作品给他变不回来多少钱,甚至,正如姚美丽所说,他连给杨春燕买一条裙子的钱也拿不出来。

有时他真想让杨春燕离开自己，由他独自承受来自生活的压力与苦难，不让她再跟着自己受苦。可他又舍不得杨春燕，舍不得这个没有过多索求，与自己同甘共苦的好妻子。文学只给他带来了精神层面的享受，却没有给他带来物质生活的富有。他知道现在的人都被手机害了，已经很少有人看书了。一家人待在一起，不干活、不说话、不吃饭都行，不玩手机却不行。时光就这样在手机上逝去了，亲情也在这种氛围里逐渐变淡了。

有时他真想放弃不写了。可这由不得自己，他就像着了魔，日思夜想着他的作品，想着怎样把它写好，对得起在百忙中抽出时间看他作品的读者。他很少想到自己，想到家，想到生活的窘迫。他真成了一根筋，只要认准的事情，用九头牛拉都无法使他回头。

杨春燕经常有意无意地提到哪个女友买了一条一千多元的裙子，哪个男人为自己的女人买了金戒指、金手链，又换了新车，给儿子在省城买了房子。他知道妻子所指，可他无法满足她，只能在心里对她充满了愧疚。

孙立民是个摄影迷，闲暇时间，他骑着摩托车跑遍了家乡的山山水水，想把美景尽收镜头，永久地保存在他的相册。

摄影是非常辛苦的事，得起早贪黑。有时为取一个景，必须在天没亮时就出发，赶到拍摄点，静静地守在那里。许多时候，他为了拍摄一个瞬间，披星戴月守在拍摄点，一守就是几天、十几天，甚至一个月。有两次急着赶去拍照，山路难走，他骑着摩托车摔倒了，一次擦破了胳膊和脸上的皮，一次摔断了小腿骨让他卧床在家待了两个月。

很多时间，孙立民去外面拍摄是搭别人的车，他得承担很高的车费和住宿费。他不在乎这些，只要有好景，就是向朋友借钱也要欣然前往。他对钱看得很淡。他觉得做一件自己喜欢的事，尽管穷点、苦点、累点，但自己高兴，值。他对罗布泊向往已久，他觉得作为一个新疆人，作为一个摄影师，一生中不来一次罗布泊，会给自己的人生留下遗憾。

这次来罗布泊，他和李迎春是奔着罗布泊的景来的，对石头并没有多大兴趣。谁知，他俩还真被罗布泊的景迷住了，一时间竟把自己弄丢了。

李迎春说："我们再不能乱跑了，越跑越远。"

孙立民说："要是能点堆火就好了，给他们发出信号，他们看到就会救我们了。"

李迎春说："咱两个都不抽烟，没带打火机啊！"

孙立民说："咱们还是准备不充分，没把迷路这档子事考虑进去。"

李迎春说："现在咋办？走，不行。不走，也不行。我是真没主意了。"

孙立民说："我也不知该咋办才好，等天亮再说吧！"

李迎春问："那我们睡一会儿？"

孙立民说："这个地方怎么睡，谁知道这里有没有蛇和狼之类的凶险之物呢。"

李迎春说："蛇不一定有，但狼肯定有，说不定就在什么地方盯着我们呢？"说着，用手中的铁棍戳了戳沙地。

孙立民担心地说："那我们该待在哪呢？是在沙包上过夜，还是在梭梭丛中过夜？"

李迎春说："在哪过夜都对我们不利。沙包寒冷彻骨，梭梭从中弄不好有狼，我们只有睁大两眼守着，丝毫不能松懈。"

孙立民说："万一遇到狼了可咋办？"

李迎春说："只有拼了。"

孙立民说："拿什么拼？"

李迎春挥挥手中的铁棍，说："你的三脚架是吃干饭的？"

孙立民问："你怕吗？"

李迎春说："不怕。"

孙立民说："你不怕，我怕个啥？"

他们互相说着鼓励的话，但从对方说话的语气中，明显地感到了底气不足，声音都有点颤抖。一时，谁也不再说话。夜，死一般沉寂，能听到夜风流动的声音。罗布泊昼夜温差很大，白天把人热死，晚上却能把人冻死。他俩都穿着单衣，突降的冷气包围着他们，他们冻得直打哆嗦。突然，远处传来一声凄厉的狼嗥，撕破了夜空，使整个梭梭林震动起来。人们都说新疆这地方怪，说啥来啥，果然，狼来了。

李迎春和孙立民浑身一震，起了一层鸡皮疙瘩。他们下意识地往对方身边靠了靠，握紧手中的铁棍，警惕地盯视着前方。

夜，黑得什么也看不见，只能感觉到梭梭丛在动。一只狼正迈着坚实的步子，从枯树桩中一步一步地踱过来。它远远地便嗅到了人的气息，向着锁定的目标走了过来。

李迎春和孙立民紧张得连大气都不敢出。他们的脑海里猛然出现了许多在罗布泊遇难的人，仿佛看到那些人被狼追赶着，最后无处可逃，被饿极了的狼扑倒，把他们撕成了碎片，只剩下一副白骨遗落在荒漠上。他们感到自己的肉在"突突"直跳，眼前出现了电影中狼的凶恶样子，恐怖而狰狞，龇牙咧嘴，眼中闪现着幽幽的绿光，像能渗透到人的骨头里去，让人不寒而栗。

他们紧张地向夜的深处望去，黑洞洞的什么也看不见。即使看不见，他们也能想象到：狼来了！令人担心的事就要发生了！

七

梁金虎驾车飞驰着。道路坑坑洼洼、崎岖不平，与其说是道路，不如说是在沙漠戈壁上乱窜。遇到沙包，皮卡车猛地蹿上去，冲过沙包，又一头扎了下来。车子像从沙山飞跃而下，把他颠得屁股离开了驾驶座，头撞到了车顶上。“哎呀！”猛然，他听到了一声女人的尖叫，好像是从他的车上传出的。

梁金虎吓得头发都竖起来了。车身又猛地抖了一下，紧接着他又听到了“啊”的一声尖叫。这次，他总算听清了，声音来自皮卡的车厢。

他停下车，跳下来，大着胆子向车厢走去。他看到了瑟瑟发抖的杨春燕和孔令娟，惊讶地问：“你们怎么在车上？”

杨春燕和孔令娟已冻得不会说话了，缓了好一会儿才说：“你不让我们来，只好趁你不注意偷偷上车了。你把车开得快飞起来了，颠得我俩骨头都快散架了。”

梁金虎略带责备地说：“你们两个可真不省事！你们来能干啥，不是添乱吗？”

杨春燕说：“梁哥，多两个人就多两双眼睛呢。你不让我们来，我们能待得住吗？”

梁金虎说："难得你们有这份心，但也不能漂大厢啊！万一把你们颠下去了，我连你们是怎么丢掉的都不知道。唉，多悬呐！"

杨春燕说："我们也不知道你会把车开得这么快，心都快被颠出来了。"

梁金虎无奈地说："既然你们来了，就随我一起去找他们吧。快下车，坐到驾驶室来。"

杨春燕和孔令娟哆哆嗦嗦地下了车，爬上了后座。她们想起自己的男人就揪心，夜晚这么冷，他们没吃没喝，没带御寒的衣服，怎么受得了？梁金虎一脚油门，皮卡车又像箭一般向前冲去。

旷野深邃悠远，雪亮的前灯划破黑暗，把梭梭丛切割成无数迷离的斑点，飞速向后滑去。茫茫戈壁，只有这一束亮光在闪烁，把光影投向夜的深处。

车上的人都无心说话。梁金虎专心驾车，杨春燕和孔令娟还没缓过神，只是两眼望着窗外，希望在车灯的光柱下能突然出现那两个熟悉的身影。

梁金虎打破了压抑的气氛，轻声说："我给你们讲个故事吧。几年前，我去捡石头迷了路。戈壁哪里都很相似，寸草不生，到处都是沙砾石块。那天正好是阴天，判断不出方向，不知道回家的路究竟在哪边。我一直走着，越走越感觉不对劲。但还得走啊，不走就只有困死在这戈壁荒漠了。我又乏又困、又饥又渴，实在走不动了，便一屁股坐在戈壁滩上，抬头望着远方的天。这时我想到了严红。我想：她现在在干什么？如果我走不回去了，她该怎么办？她一个人该如何生活？不行，我不能死在这儿，我必须走回去。为了严红，我就是爬，也要爬回到她身边。这样一想，我又鼓起勇气，从地上站起来，继续找回家的路。我拖着沉重的腿，跌跌撞撞地挪着脚步，身子像要随时栽倒似的。我整整走了一天一夜，终于走回了客栈。我整个人累瘫了，一头栽到床上，睡了整整两天。这是我永远难忘的经历。我心中有严红，我回来了。你们放心吧，你们心中有他们，作家和摄影师心中有你们，他们不会有事的。”

杨春燕说：“梁哥，你对嫂子的情这么深，听了真让人感动呢！”

孔令娟说：“谁知道我们的男人会不会想到我们。”

梁金虎说：“会的，人在落难时，第一时间想到的就是自己最亲的人。”

杨春燕说：“他们两个重情重义，一定会想到我们的。”

在一个高坡上，梁金虎停下车，从车厢里搬下两个轮胎点燃，给李迎春和孙立民发出了营救信号。

他们在火堆旁停留了半小时左右，不见李迎春和孙立民，便又驱车前行。到李迎春和孙立民走失的地方，梁金虎又卸下了两个废旧轮胎点燃，一时间火光映红了天空，把那一片戈壁照得雪亮通红。

梁金虎到附近的梭梭丛折了一些干梭梭，扔到燃烧的火堆上。火烧得更旺了，火舌舔着夜空，像一条条盘绕的蛇头，上下蹿动着，爆裂的火星被推向空中，飘向了暗夜的深处。

火苗渐渐弱下去了，被火光映照的光圈逐渐变小，最后只有一小团微弱的光在暗夜挣扎。他们静静地听着旷野的动静，却只有夜风流动的声音，根本听不到李迎春和孙立民的呼救声。

杨春燕和孔令娟跑到附近的梭梭丛又折了些干梭梭枝投入将要熄灭的火堆。火苗又蹿动起来，火舌一纵一纵地向夜空扑去，把黑暗撕开了一个大缺口。梭梭柴“噼噼啪啪”地跳着，发出一声声怪异的声音。

“嗷——”，远处隐隐传来一阵狼的嗥叫，在夜空回荡。杨春燕和孔令娟不由得紧紧抱在一起，似乎想以此互相壮胆。梁金虎见她俩吓成这样，平静地说：“别紧张，狼远着呢，这里没事。”

杨春燕问：“狼是不是看到火光了？”

梁金虎说：“不是，那是流窜的狼在毫无目的地乱叫呢！”

孔令娟担忧地说：“流窜的狼？孙立民和李迎春会不会遇到狼啊？”

梁金虎没有回答。

一时，他们又都沉默起来。火光忽明忽暗，逐渐弱了下来。杨春燕不知哪来的勇气，一下子跑向梭梭丛，用力折断那些干枯的枝干，把它们抱回来，扔在火堆上。孔令娟也紧随着她，不管不顾地奋力折梭梭的枯枝，将枯枝添到燃烧的火上。

那堆火又重新燃烧起来，映红了夜空。杨春燕和孔令娟跑到更远一点的地方去折枯梭梭枝，她们早已不顾狼的嗥叫，一心想的是让自己的男人早点看到冲天的火光。

梁金虎被这两个女人深深地感动了，暗下决心，不管跑多远的路，也一定要把李迎春和孙立民找回来。

八

胡二宝并没有卸皮卡车里的石头。满满一车厢呢，卸了还得装。况且,卸到客栈不好管,人来人往的,万一丢了呢。他把许峰越野车后备厢里的石头也装在了皮卡车上,准备明天开许峰的车去找李迎春和孙立民。

罗艳珍见了不由得火了,生气地说:“你不打算救人了?”

胡二宝反问:“救!为什么不救?”

罗艳珍指着皮卡车说:“救人你还往车上装石头?老梁不是说让卸石头吗?”

胡二宝说:“我们明天开上许峰的车就行了。”

罗艳珍说:“多一辆车不是搜索范围大一点吗?是人重要还是石头重要啊?”

胡二宝说:“女人家没见过世面,瞎咋呼啥?我能不知道救人重要啊!我们一块儿出来的人,我比你们谁都急。我们赶快睡觉,养精蓄锐,明天全力以赴救人。”

罗艳珍说:“这种时候,你还能睡着?”

胡二宝摊开双手说:“那怎么办?要不你来想个办法。”

罗艳珍说:“我的意见,现在就去救人。罗布泊是什么地方,难道你不知道吗?”

胡二宝说:“那明天谁去报警呢?”

罗艳珍说:“明天再说明天的话,现在救人要紧。”

胡二宝说:“要去你去。现实一点好不好,不要想干什么就干什么!”

罗艳珍说:“你不去我们去!走,咱们去救人,让他睡觉去。”

许峰说:“我同意罗艳珍的建议。他们在沙漠多待一分钟,就多一分危险。我们一分钟都不能多耽搁,赶快走吧。”

姚美丽尖声说:“一帮子不知死活的家伙,你们想出去喂狼啊!”

罗艳珍说:“就是喂狼,也比贪生怕死见死不救强!”

姚美丽说:“行,你高尚,你去救。我就想不明白了,你为什么处处袒护那个穷作家呢?他给你什么好处了?”

许峰大吼一声:“闭上你的臭嘴,等这次回到家我再和你算账!”

姚美丽也吼道:“咋的,难不成你敢和我离婚?”

许峰恨恨地说:“你这个女人,我早就受够了。人里面没你这种人,你就等着吧!”

姚美丽用鼻子哼了一声,不屑地说:“我还受够你了呢!我不比你挣得少,又不靠你养活,谁怕谁呢!”

许峰说:“我懒得跟你说!走,咱们去救人。”

许峰和罗艳珍说着上了车。等了好一会儿,不见杨春燕和孔令娟上车,罗艳珍喊:“杨春燕,孔令娟,去找你们老公了,你俩去不去啊?”

四野一片静,没有任何回答。

罗艳珍下车找了一圈,不见她俩。找遍客栈,也没有找到她俩。她望了一眼许峰,疑惑不解地说:“她们人呢?”

许峰摇摇头说:“我也不知道。”

罗艳珍说:“怪事了,怎么又丢了两个,难道她们去找李迎春和孙立民了?”

许峰说:“肯定是。唉,她们一定对我们失望透顶了,我们不该为了石头而不去救人。”

罗艳珍说:“这个样子,谁遇到都会伤心失望的。”

许峰说:“那会儿我们应该坚持自己的意见,扔了石头去救人。这万一有个三长两短的，我们的良心会一辈子不安的。”

罗艳珍说：“别说那么多了，让那两个没良心的守财奴待着吧，我们走。”

许峰挂上排挡，一脚油门，越野车闪出一道明亮的光束，划破了周遭的黑暗。

九

公安部门、地方政府组织人力拉网搜索了一天也没有找到李迎春和孙立民。天黑了，因为担心搜救的人跑丢，决定暂时回客栈，天亮后再继续搜救。

许峰和罗艳珍不愿意回去，继续穿行在沙漠戈壁、梭梭丛中。胡二宝和姚美丽因许峰开走了越野车，只好搭乘地方政府的车，随着他们搜索了一天。胡二宝和罗艳珍拌了嘴，闹出许多不愉快。姚美丽和许峰由于意见分歧，也闹得脸红脖子粗的。胡二宝和姚美丽陪着搜救队的负责人回到了罗布泊客栈。胡二宝首先检查了皮卡车，看自己搭在车上的帐篷原封未动，自己做下的记号也没有被人动过的痕迹，才放了心。

公安部门的一名科长正在安排警力，布置明天的搜救路线。命令下达后，警察们便都回客栈休息了。

胡二宝走过去，对负责人说：“鲁科长，辛苦你们了。我让严红做了几个菜，咱们吃个饭，顺便喝两杯，解解乏。”

鲁科长说：“不了，都早点睡吧。明天五点出发，赶到那里，刚好天亮。”

胡二宝说：“这一天跑得，就没松劲，屁股都坐疼了。”

鲁科长说:“救人要紧,这点困难算啥。快睡吧,也就能睡四个小时的觉,别浪费时间了。”

胡二宝说:“鲁科长,菜都炒好了,还是吃点吧!”

鲁科长说:“不了,你也早点睡。”

鲁科长走了,胡二宝望着姚美丽,无奈地说:“只好咱俩吃了。”

姚美丽说:“吃,身体是本钱,不能亏了自己。”

他们来到餐馆。严红问:“鲁科长他们呢?”

胡二宝说:“他们去睡了。我们吃。严红,你也坐过来和我们一起吃点。”

严红说:“你们吃吧,我吃过了。”

桌子上摆着几盘菜。姚美丽望着菜惊叫起来:“哎呀,还有大盘鸡呢。这么好的菜,不喝两杯吗?”

胡二宝说:“你想喝两杯呀?”

姚美丽反问:“你不想吗?”

胡二宝说:“喝就喝,我去拿酒。”

严红鄙夷地望着他俩,把门一关走了出去,把胡二宝和姚美丽留在餐馆,任由他们尽情畅饮。

严红望着远处的夜空,想到了自己的男人。梁金虎不知在哪呢?他走了一天一夜,连个音讯也没有。她不担心男人会走失,她是担心他找不到健谈的作家和幽默的摄影师。那两个人和这些专门捡石头的人截然不同。她搞不懂这些兴趣爱好不一样的人怎么会走在了一起。看这两个喝酒的男女,同伴丢了,还有心情喝酒。这样的酒他们咋能咽得下去?

已经凌晨两点多了,那两个人还在喝着,严红不想等下去了，想赶快洗漱一下早早睡，便返回餐馆，想催催那两个喝酒的人。谁想一进门却见两人头顶着头，两双手紧紧地抓在一起，在亲密地说酒话呢。他们全然没有发现严红进门，说的全是掏心窝子的知心话。

胡二宝说："姚美丽，我们过在一起才是绝配。如果我们联手，能开辟更大的玉石市场呢。"

姚美丽说："胡哥，你心中有我，我几年前就看出来了。你咋不早说，让我跟上那个二杆子受罪。反正，这次是把那个浑蛋惹下了，回去肯定和我没完。哥，你可要给我做主呀，我要跟他离婚，嫁给你。"

胡二宝说："离！你们的那种婚姻，过到一块儿就是双方受罪，互相折磨，尽快离了，双方都解脱了。人，何必在一棵树上吊死呢？只要你今天离了，明天我就离。我知道，罗艳珍早就对我不满了，她心里装着许峰，我成全他们。"

姚美丽说："哥，我没看错你，今后我就依靠你了。"

胡二宝说："放心吧，哥挣下的，你这辈子、下辈子、下下辈子都花不完，我会让你过上好日子的。"

姚美丽说："我就知道哥对我好。"

严红实在听不下去了，假装咳了一声，把他俩吓了一跳。抬头一看，见是老板娘，胡二宝掩饰着说："老板娘，我们喝多了。没想到你还没睡，影响你休息了。我们去睡了，他们回来，你可千万不要告诉他们我俩喝酒了。"

严红说："我懒得管你们的闲事，快去睡吧。"

姚美丽喝多了，走路东摇西晃的。胡二宝把姚美丽的胳膊搭在自己肩上，搀扶着姚美丽向外走。

姚美丽把脸贴在胡二宝的脸上，紧紧搂着胡二宝的脖子，身子软软的任由胡二宝摆布。

看着胡二宝搀着姚美丽进了宿舍，“砰”的一声，严红重重地关上房门，深长地叹了一口气。

十

梁金虎一路把皮卡车开得恨不得飞起来。他对罗布泊的地形地貌了如指掌，知道哪个路段有坑、哪个路段有洼，能够熟练地掌握车速。

皮卡车驶进了梭梭林。这里地貌独特，裸露的地表没有土层，沙包被风打造得或大或小，起伏相连着，随着梭梭的分布，弯弯曲曲地通向林子的深处。沙石路面像搓衣板，密密麻麻的满是皱褶，车行在这里，明显感觉到轮胎像在钢板上碾轧，发出坚硬的震动声。这里的沙石腐蚀很严重，被水浸泡凝结成了板块，是典型的黄褐色盐碱地。

整个荒漠死一般寂静。太阳像被什么魔法遮住了光线，灰暗苍凉，停在高空静止不动。梁金虎驾车在梭梭林中穿行。到了林子纵深地带，他们猛然看到不远处有两具人的枯骨。骨头已散了架，只有从那两个骷髅头才能断定那是人的尸骨。他们三个顿时感到头皮一阵发麻，浑身不由得打了一个冷战，起了一层鸡皮疙瘩。

皮卡车继续前行。梁金虎专注地开车，两眼向两侧搜寻。杨春燕和孔令娟透过窗口，一个盯左一个盯右，生怕放过一点蛛丝马迹。

梁金虎走得急，车上没带过多的水和吃食，三人只好硬扛着。此时此刻，杨春燕和孔令娟只能把全部希望都寄托在梁金虎身上了。

梁金虎他们在那片枯梭梭林中穿行着，始终没见到李迎春和孙立民的影子。

梁金虎安慰说："放心吧，你们的男人就在这片林子里，他们走不远。但这片林子很大，不知他们跑到什么地方了。"

杨春燕说："他们能跑到哪去呢？"

梁金虎说："这次真不巧，出现了意外。我还准备拉着作家和摄影师，让他们在罗布泊好好转一转呢。特别是罗布泊的雅丹地貌，真该让他们两个看一看，那景色可不一般啊！"

随即梁金虎告诉杨春燕和孔令娟，这里的雅丹地貌是罗布泊最干燥地区的一种特殊地貌。开始时，在沙漠形成了一座岩壁构成的平台高地，高地经过暴雨的长期冲刷而产生裂隙，流水使裂隙加宽扩大，把风蚀的岩壁逐层剥落，沟谷和洼地逐渐分开，形成了孤岛状的平台山丘。后来，由于地壳运动和变化，那些山丘演变为石柱和石墩，色彩在阳光的照射下不断变化，或红或黄，如熊熊燃烧的焰火，金光灿烂，熠熠生辉。

罗布泊还有一种三垄沙雅丹地貌，被称为"中国最美的雅丹群"之一，位于玉门关以西的戈壁荒漠中。三垄沙是一条横亘于罗布泊东部地区的流动沙丘带，被风吹起，沙尘随风游动。这条沙漠带长约一百公里，宽约数公里，遇到起风，沙如游蛇。所有的土台都呈长条状东西排列，犹如茫茫沙海中的一群巨鲸，气势磅礴。早上、中午、夕阳西下时，随着光线明暗不同颜色会产生变化，呈现出一个色彩斑斓的世界，奇幻无比。

梁金虎说:“这些地方我都去过几次了,可惜我不会写也不会拍照,把看到的好景都浪费了。”

孔令娟有些心不在焉地说:“怪不得他们两个要来罗布泊,原来这里有吸引他们的美景呢!”

梁金虎接着滔滔不绝:“罗布泊的大峡谷,那景才叫壮观和美呢。峡谷位于罗布泊南面的库木塔格沙漠,全长约六十公里。那里极其隐蔽,人迹罕至。有一次,我带着两个摄影师穿越那条大峡谷。我们顺着平坦如砥的河床驶进,沙漠、戈壁迎面而来,又飞也似的向后掠去。蓦地,眼前出现一个巨型的喇叭口,像巨蟒的大口一下吞噬了我们。峡谷很长很深,两边陡立着十多米高的凹凸起伏的犹如刀削斧砍一般的红褐色沙砾岩壁,大气磅礴,甚是壮观。

“当车接近谷尾时,皮卡车爬上了海拔两千多米的高度。忽然间乌云密布,飘起了漫天飞雪。雪花在空中任意舒展,耸立的山峰、岩石都披上了一层薄薄的银白轻纱。地面上覆盖了一层薄雪,远处的冰面下泉水涌流。两个摄影师跳下车,陶醉地拿着相机‘咔嚓、咔嚓’一顿狂拍。

“突然,我们看到雪地上有很多狼的脚印,像是有狼刚从这里经过。我们不由得一阵恐慌,快速驶离了峡谷……”

梁金虎边驾驶车边给两个女人讲着他在罗布泊遇到的奇闻逸事,以缓解车内的紧张气氛。杨春燕和孔令娟哪有心情听他讲故事,她们的心思全在自己的丈夫身上。这么凶险的地方,再美丽动人的故事也无法打动她们的心。那个令人担心的事,一直萦绕在她俩的心头,谁都在想,但谁都不愿意说破。

枯骨。狼。他们到底在哪里啊?

两人的脸上布满了阴云。

天快黑时，梁金虎他们的车依然在那片梭梭林中来回穿梭。他看到远处的梭梭林荡起了几股沙尘，估计是搜救人员全部集中在了这片梭梭林里。

皮卡车攀上了一个很高的沙包。梁金虎下了车，爬到沙包的顶端，站在高处，拿着望远镜向周边观察。

沙包下依稀分布着干梭梭，沙棱一起一伏形成了水波状。他举着望远镜像雷达一样扫描着，不放过一个地方。他有点失望，刚要放下望远镜，突然，望远镜中出现了两个活动的小黑点。他的心不由得“怦怦”跳动了几下。他揉揉眼睛，再次举起了望远镜。这次他看清了，的确是两个小黑点在移动，很像是人。

梁金虎赶忙回到车上，驱车向那个方向驰去。他没有把自己的发现告诉杨春燕和孔令娟，他要给她俩一个大大的惊喜。

快接近洼地时，已能看清那两个人影了。的确是作家和摄影师。他鸣响了喇叭。那两个影子先是一愣，随即跳跃起来，跌跌撞撞地向这边跑来，边跑边挥舞着手。

杨春燕和孔令娟猛然看到了自己的丈夫，高兴得一跃而起，头撞到了车顶上，疼得“啊”地叫了一声，又一屁股坐回座位。杨春燕起身一把抱住梁金虎的脖子，在梁金虎的脸颊上亲了一口。随即，她跟孔令娟紧紧地抱在一起，一会儿笑，一会儿哭，像突然之间疯了。

梁金虎看着她俩兴奋的样子，似乎卸掉了压在心中的巨石，脸上露出了欣慰的笑容……

马家湾的夜雨

暴雨来袭

马家湾遭受了一场百年不遇的暴雨袭击。

这场雨来势异常凶猛。黑云像是从天而降,猛然跌落在了马家湾,把村庄挤压在一片窄小的黑暗中。随即,一股凌厉的狂风袭来,雨便倾泻如注,沟洼瞬间平地起水。暴雨持续了十几分钟,一股山洪推卷着枯枝败叶、大大小小的石块,浩浩荡荡地奔涌而下,席卷着山野的庄稼和房屋。浪涛刹那间淹没了沟底的房屋。腾起的洪峰推倒阻挡它们前行的土墙、平房,还有一些杨树和柳树,气势磅礴,冲天而起,大有把山川撕裂的凶猛之势。

山旺老人的房子坐落在半山坡,地基较低。房前是一块蒜地,地头渠道的水溢出来,很快便漫过蒜地,涌进院门,顺门直往房间灌。山旺老人一看房子进水了,忙穿上雨衣,给老伴也披了件雨衣,转身去找手电。慌乱中,忘了把手电筒放在哪里了。他也顾不上继续再找,忙搀扶着老伴跌跌撞撞地蹚着深水走出房门。外面漆黑一片,山旺老人牵着老伴走到房前的牲畜棚下暂时避雨。牲畜都代牧出去了,到了冬天才能回家。棚下也汪满了水,只是相对安全一点。他们躲在棚下,等待着有人前来救援。可眼下儿女都不在身边，跟前也没有一个邻居，他们又能等得来谁呢？几个儿女就是想救现在恐怕也来不及了。何况，这样漆黑的雨夜，他们怎么来呢？

山旺老人八十六岁了，老伴比他小两岁。他家祖居在马家湾已有几代人，是这里的老户。他们几辈子世居在这里，从没经历过这么大的暴雨，也从没经历过水进房屋院落的事情。一时间，山旺老人真不知该如何是好了。

水势越来越大，有增无减。雨像从天而降的瀑布，对面什么也看不见，只能听到“哗哗”的雨声和水的怒吼。他感到有点眩晕，身子颤抖着有些站立不稳，像要随时向水面倾斜着栽倒下去。

山里的雨夜冷风刺骨，冰冷的水从脚和小腿肚子直往骨头里渗。黑暗中隐隐看到白色的水流泛着浪花从院门涌入，清脆的水流声响彻在夜空。山旺老人摸索着走向院门，被一阵急流冲撞得险些栽倒。他退回来，蹚着深水在墙角摸了把铁锨，想把院墙留下的排水洞往大里挖。凭感觉，房中的水已漫过膝盖了，可院门那还有大股子水往里流。他知道单凭自己一个人的力量是不可能堵住院门，把水引到别处去的。唯一能做的就是掏大排水洞，把灌在屋里的水排出去。他拿着铁锨站在深水中根本使不上劲，不但没挖大洞口，还险些滑倒。他停止了毫无效果的挖掘，慢慢地摸索着向牲畜棚走去。老伴身子太弱，不要晕倒在水中了。还好，老伴抱着搭棚的木桩坚持着。他想带着老伴撤出院子，可院门那股子水势头凶猛，根本无法出去。他担心万一水再涨，会把他和老伴困死在院子里。

柱子和月琴

柱子在县城上班。他从手机上的天气预报了解到今天有暴雨,又接到县政府下发的防洪通知,预感到今天的这场雨绝不可等闲视之。这时,他想到了父母的安危,想到了父母住的那三间土坯房。房子已经很破旧了,他也不记得修建于何年何月,只记得自他懂事起便在那住着。如今,自己都五十多岁了,父母还依然住着那个土坯房。房子年久失修,遇到大点的雨房顶就会漏水,外面雨停了,但房顶还依然滴滴答答地往下漏水。

他曾征求媳妇兰兰的意见,想把父母接到县城来养老。

兰兰说:“可以啊,我没意见。你给你爹妈买套楼房,啥时接他们下来都行。”

柱子说:“咱们家的经济状况你是知道的,哪有钱再买一套楼房啊。”

兰兰反问:“没钱买你说什么?”

柱子说:“我不是在征求你的意见吗?”

兰兰果断地说:“打住!我们才八十平方米的住房,让三代人挤在这么小的空间里,亏你想得出来!”

柱子说:“两个孩子不是都有自己的住房吗?”

兰兰毫不让步,尖着声音说:“她们回家了咋办?让去住宾馆吗?再说了,我们也该有自己的独立空间。你父母来了,是你伺候呢,还是让我伺候呢?在这个家,你做过饭吗?洗过衣服吗?干过家务吗?你是不把我累死不甘心是吧?累死了,你好把那个月琴娶进来是吧?!”

柱子自知理亏，不吭声了。过后，柱子看兰兰情绪好了，又征求兰兰的意见，但兰兰懒得理他，不说行，也不说不行，只是把她养了十年的一只小黑狗紧紧抱在怀里，用手抚摸着小狗光滑的皮毛，脸上没有流露出任何表情。

柱子知道，她不说话就是不同意。她已用沉默回答了他。他知道兰兰的脾气，宁肯养一只会对自己摇尾巴的小狗，也不愿意去养他的父母。柱子清楚，把父母接来，伺候父母就都是兰兰的事情了。兰兰不同意，也怪不得她。父母并没有生她、养她，如果她执意不赡养老人，你又能把她咋样呢？何况，他们兄妹五个，父母又不是只生养了他柱子一个。

柱子决定赶去父母家，帮父亲修一下房顶，顺便动员父母先到二弟根新家暂住几天，避过了这场大雨再商定父母的去处。老二两口子一直要接父母一块儿过，可两个老人舍不得离开那个居住了一辈子的老房子，就是不去。父母一生不易，为抚养他们兄妹耗尽了心血，而今父母年事已高，早已到了享受天伦之乐的年龄，可是两个老人却依然独居在危房里，过着自己孤独的生活，这让做儿子的心里真不是滋味啊！

柱子下班后便准备开车赶往父母家。他在超市买了点奶粉、黑芝麻糊、水果，刚出超市便接到了月琴的电话。月琴不容他考虑，直接给他下命令："你赶快来我家一趟。现在！立刻！马上！"

柱子苦笑着摇摇头，长叹一声："唉，招惹谁都别招惹女人！"他很无奈地赶往月琴家。

其实月琴并没有什么大事，只是煤气灶打不着火了。她急着做晚饭，拧了几次开关，光冒火星子不起火，也不知是什么原因。

柱子一检查，是电池没电了。他去小区门口的超市买了电池，给月琴买了一大罐酸奶。换好电池，他轻轻一拧开关，一股淡蓝色的火苗便升腾起来了。

月琴脸上浮出甜甜的笑，娇柔地说："还是你对我好。我家那个死人，啥时管过家！"

柱子说："你感觉到了？"

月琴说："嗯！"

柱子说："你的话就是圣旨，臣情愿为你效犬马之劳。"

月琴说："是那种无私的吗？"

柱子反问："你说呢？"

月琴说："我们两个，谁跟谁呀！"

柱子望着月琴。

月琴望着柱子。

两人相视着会心一笑。

柱子的脸光彩灿烂。

月琴面若桃花。

柱子不经意地问："建雄呢？"

月琴说："出差了。"

柱子的胆子大了起来，调笑道："怪不得呢，平时我要上你家，你可是不让我来呀！"

月琴说："我不是怕别人说闲话嘛！"

柱子说："这次不怕了？"

月琴说："我是让你来帮忙，怕什么？"

柱子眯着色眼望着月琴，拖着长声说："还有别的忙要帮吗？"

月琴嗔怒道:“老馋猫!你敢吗?”

…………

柱子再次想起父亲,已是夜晚了。夜空中飘洒着小雨,凉爽而静谧,窗外传来雨点敲击玻璃的“啪啪”声。他一个翻身坐起来,急忙穿衣服。

月琴用双手勾着他的脖子,撒娇说:“柱子哥,你再陪我一会儿嘛!”

柱子用手指刮着她的鼻尖,柔声说:“我该走了。今晚山区有暴雨,我得上山去看看父母。”

月琴说:“现在已经开始下雨了,山路那么难走,我不让你去。”

柱子说:“我担心父母会有危险。”

月琴说:“有什么危险啊,两个大活人,在山里生活了一辈子,什么没经历过,你就放一百个心吧!”

柱子说:“听你这么一说,我倒心安了。你的意思是让我再陪你一会儿?”

月琴点着头,反问:“你不想吗?”

柱子说:“想。进了温柔乡,我想醉死在这里。”

窗外,雨点敲击玻璃的声音更强烈了。

根新和娟子

下雨的时候,根新正在鼾睡。他承包了上百亩地,种的作物很杂,每天都忙得不可开交。只有下雨天,他无法出去干活才能睡个安稳觉。

雨倾盆如注，院中顷刻便汪满了水。娟子正拿着手机看，突然看到了一则消息，喊他：“根新，快起，要发洪水了。”

根新从梦中醒来，揉着眼睛说：“大惊小怪，这样的雨你又不是没见过！”

娟子说：“这雨和以往的不一样，像用盆子在往下倒。网上说许多地方已经山洪暴发发大水了，你看看院子里的排水洞开着没有。”

“好吧。”根新起身下床披了件雨衣推门出去。突然他又退了回来，说：“不好，真要发大水。”

根新急忙找出长雨靴穿上，又拿上手电筒，便一头扎进了雨中。

这雨太大了。排水洞溢得满满的，已淌不及了。他用铁锹把洞往大里挖，院中的水很快被他引出去了。他回到房中，脱下雨衣，感叹地说：“我长这么大，还从来没有见过这么大的雨呢！”

娟子说：“你先别脱。这么大的雨，老爹那个房子该遭水淹了，我们去看看吧！”

根新说：“这么大的雨，咋么去呀？”

娟子说：“你能放心吗？唉，让他们搬过来住，可他们就是不听。这么大的岁数了，真让人放心不下。这次，一定要把他们接过来。”

根新说：“你就别去了。外面黑得伸手不见五指，雨又下得这么大，我一个人去就可以了。”

娟子果断地说：“我还是去吧，路上也好有个照应。”

娟子穿了长雨靴和雨衣，随着根新出了门。山道到处是水，低洼处已是一片汪洋。手电光下，到处是浑浊一片，涌动着，看着让人眩晕。他俩用脚探着路，已辨不清哪里是沟，哪里是洼，哪里是他们该走的路。

根新没有想到在这个危急关头娟子还会想到自己的父母，而且冒着危险和自己一同前往救人，这使他很感动。在娟子面前，他有了一丝羞愧感，觉得自己对待父母还没有媳妇做得好。这让他的心不安起来，觉得亏欠娟子太多，以前没有好好地爱她，在这个家没有给她应有的地位和尊重。他破天荒第一次挽着娟子的胳膊，让她靠在自己身上，尽量在水中掌握平衡，不至于被湍急的水流冲倒。

前面路段有块洼地，水流很急。路整个被洪水切割为两半，根本不知水的深浅。若是平时，他们两个见到如此迅猛的洪涛会毫不犹豫地返回。可现在，越是水大，他们便越想到了父母的安危，也顾不了那么多了。根新和娟子紧紧依偎着，以防摔倒。不到父母家看一眼，他们说什么也无法安下心来。可当他们终于快到父母家时，却见有两个人影正从父母的小院蹚水出来，身上好像背着自己的父亲和母亲。

山旺老人和他的亲戚

栓娃是随乡上主管牧业的副乡长玉素甫去的父母家。

下午，乡党委召开了紧急会议，部署了防洪救灾的任务。乡直机关和站所工作人员一律不休息，分赴各个村子做好防洪的应急准备。栓娃在林管站上班，便随着乡领导奔波在村里和危险地段。

暴雨袭来时，玉素甫想到了山旺老人。玉素甫是山里土生土长的哈萨克族，大学毕业后致力于家乡建设，被分配在乡上工作，没几年便被提拔为副乡长。他和山旺老人是结对认亲户。他清楚老人的住房地势低，又加上岁数大了，担心老人的安危，便冒雨前来查看。远远地便看到山旺老人的房屋已被洪水包围起来，就像湖泊中的一座孤岛，漂浮在茫茫水中。栓娃一下子急了，不顾水大流急，跌跌撞撞地向前跑去。

玉素甫急忙大声喊："栓娃，水太大了，你慢点！"

栓娃顾不上回答，只顾蹚着深水跑。他对这里的地形太熟了，如果不是雨夜，他闭着眼睛都能摸到父母家。现在他担心父母的安危，哪还能顾得了其他。他顺着水流一头扎到院子里，扯着喉咙大喊："爹！妈！妈！"他刚要进屋，就听到一声颤抖的呼叫："栓娃！"

栓娃停了下来，判断着声音来自何处。

"栓娃！"又传来一声呼叫。

栓娃听清了，声音来自棚下。他急忙奔了过去，借着手电亮光看到了父亲和母亲。他们正抱着一根柱子，站在没膝的深水中，浑身冷得直哆嗦。栓娃忍着泪水，喊了声："爹！妈！我来晚了！"

玉素甫和几个干事也随即赶到。栓娃到母亲身边，俯下身子说："妈，快，我背你出去。"

玉素甫对其他干事说："你们把东边的边墙挖通，往出排水。房子危险，先不要进，等明天水退了再处理。来，山旺老爹，我背您出去。"

年轻干事们争着说："乡长，我年轻，让我来背吧。"

玉素甫说："我能行。你们的任务更重，要保住房子，全靠你们了。”

一个干事说：“你的脚被石头砸伤了，还是我来背吧！”

玉素甫严肃地说：“不，老爹是我的亲戚，就和我自己的父亲一样，我要亲自把老爹背出去。”

山旺老人说：“你的脚伤得严重吗？我自己能走，我抓住你的手就行。”

玉素甫说：“老爹，脚没事，您放心吧！”

干事们还在争：“还说没事呢！如果不是情况紧急，我们非拉你去医院做个检查不可。”

玉素甫说：“我这不是好好的吗？你们快去排水，抓紧时间！”

山旺老人说：“都走吧，这里危险。”

玉素甫说：“不，我们不能眼睁睁地看着水把房屋泡倒。你们不用管我了，快去排水。”

大家只好七手八脚地把山旺老人扶到玉素甫的背上，然后蹚着深水去挖排水洞。

山旺老人趴在玉素甫的背上，感到他的腿有些跛。山旺老人想说几句感激的话，又找不到合适的词，不说，心里又有点过意不去。这个哈萨克族山里娃，他是看着长大的。当年他当乡上宣传干事的时候，玉素甫还是个小娃娃呢。没想到玉素甫这么有出息，当了乡长，而且还和自己结了亲。趴在他的背上，山旺老人感到心里暖暖的，有许多话想要对乡长说。可话一出口，却是：“小心，前面是个小渠，水深着呢！”

玉素甫说：“老爹，您放心吧，我对这里的路熟，没事的。”

玉素甫经常来看望他，每次来都提着很多营养品、水果。一来就把这里当成了自己家，毫不生分，忙前忙后，还经常住在家里，帮他干家务、干农活。乡上安排玉素甫和山旺老人结亲，首先是考虑到山旺是马家湾岁数最大的老人，其次他是在乡镇工作了几十年的老干部，他们把山旺老人当成了功臣。玉素甫对他家门口的这条路熟，都是因为他常来这里探亲呀！

这时雨逐渐小了，但洪水却有增无减。山坡上的水顺着沟洼往下淌，汇集在低洼处，形成了一股激流，推涌着草末石块蜂拥而下。栓娃和玉素甫背着两位老人，艰难地在水中跋涉，向上游踱去。树枝刮着他们的小腿肚子，切割着皮肉，使他们感到扎心的疼痛。还有滚动的石块，随着水流满渠翻滚，撞击的声音令人胆战心惊。栓娃和玉素甫躲避着顺流而下的障碍物，蹚开一条水路向山坡移动。快接近坡上时，玉素甫和栓娃看到了向这里匆匆赶来的根新和娟子。

冲破洪涛

柱子驱车直奔山里。雨太大了，雨刮器似乎已不起任何作用，雨水顺着前窗玻璃“唰唰”地往下流，车灯的强光无法穿透雨幕，前方一片模糊。

柱子真后悔为和月琴缠绵而耽误了时间，造成了现在这种局面。都怪那个女人！可是，能全怪月琴吗？如果自己执意要走，她又如何能够强留？

柱子觉得和月琴待在一起没有压力，心情放松。但和兰兰就不同了。她强势，对他的要求太高，而他根本无法达到她的要求。很多时候，他想逃离出去，离开这个家，离开兰兰，过轻松自在的逍遥日子。

车子驰进了岔道，拐过前面的路口就可直达马家湾，往前再走一公里就到父母家了。柱子看到路口停着几辆车，灯光在雨雾中闪烁着，照着前方弯曲的山道和顺路而下的洪水，似在犹豫着是前行还是后退。他摇下车窗玻璃，向一个司机喊："前面过不去吗？"

那个司机说："前面发大水了，危险！"

他知道发大水了，可路上能有多大的水呢，他可不想等下去。父母家是个独院子，跟前连个邻居都没有，谁能去救父母呢？他仿佛看到在暴雨中岌岌可危的小土房，看到父母正站在冰冷的水中经受着恐惧和折磨。他毫不犹豫地踩足油门，向那股奔腾的洪水冲去。

柱子突然想：兰兰此刻在干什么？她在抱着狗狗睡觉吗？真对不住她啊！兰兰自从嫁了他，几十年如一日，辛辛苦苦，为这个家付出了全部心血，换来的却是自己感情的背叛！自他和月琴好了以后，他便和兰兰分了居。她每天与狗为伴，似乎把她的一切爱都寄托在了狗狗身上。仔细想想，自己的人生竟是如此失败，既没有侍奉父母尽孝，又背叛了妻子。在这么要紧的关头，竟醉倒在一个女人的温柔乡里，置父母的安危于不顾。如果父母有个三长两短，他还有何颜面去面对父母兄弟。柱子感到心里堵得慌，突然产生了一种愧疚感。他不是一个好儿子，也不是一个好丈夫！甚至，他不是一个好男人！但这一切，还能弥补吗？一切，还能重新开始吗？他的心里燃起了一股火，驾车冲过弯道，一头扎进了前面的一个低谷。灯光刺破雨帘，照到了前面的一股洪峰，那股水明晃晃地闪着刺眼的光环扑面而来。他的眼前出现了父亲和母亲，他们向他焦急地摆动着双手，不让他靠近。他熟悉这里的山路，决定驾车冲破洪峰。他开足马力，握紧方向盘，斩峰破浪，冲出了水流。车灯划破雨幕，照到了前面的弯道，他看到前面有几个人影，似乎正背着父母摇摇晃晃地从那条山道走来。他停下车，高声喊："爹、妈，我来了！"跳下车向那几个人影奔跑过去……

乡　宴

赵勇从来没有见过这么多麻雀。

那两棵垂榆冠顶密密麻麻地落满了灰色的麻雀。它们不安分地飞上飞下,叽叽喳喳地吵闹着,似乎要吵醒熟睡的主人和沉寂的大地。兴致高了,它们“呼”的一声,像块流云“嗖”地飘落入院内,扑向大棚下一堆金黄的玉米粒,就像撒落在黄色山包上的灰色的、跳跃的精灵。

它们欢快地扑扇着翅膀,睁着两只黑乎乎的圆眼,快速在玉米粒中穿行着,用尖利的小嘴啄食碎粒,时而不安分地鸣叫两声。

“吱”的一声,王春从房门走出,提着煤桶去院外提煤。那群麻雀像受了惊吓,“哗”地飞起,冲出院外,又落在门口的那两棵垂榆上,叽叽喳喳叫个不停,似乎在责怪主人惊扰了它们的好事。

王春只用眼睛的余光扫了它们一眼,便径直去煤堆装煤。它们看着主人进了院内,便又叽叽喳喳地欢叫起来,等主人的身影隐在房里,便不约而同地“呼”地飞起,又扑到了大棚下的那堆玉米粒中。

赵勇一进院门便发现了那群麻雀,引起了他极大的兴趣。他看到的不是几只、几十只，而是几百只麻雀，它们落在玉米堆上欢快地忙活着。他觉得王春应该用一张大塑料布将玉米粒遮起来，一来可避免麻雀啄食，二来也干净卫生。那些麻雀在玉米粒中穿行，将粪便排泄在了玉米粒上，很不卫生。

赵勇试探着问王春："这些麻雀就一直在你家吗？"

王春说："天天在家门口围着呢！"

赵勇说："你可以将玉米粒遮起来嘛！"

王春似乎对赵勇的话感到惊讶，略一迟疑，而后淡淡地说："它们只能吃一些碎粒，由它们去吧。"

赵勇感到有点不可思议，难道王春不遮盖玉米是在有意喂养那群麻雀？他留意看了下周围几家，人家门前的榆树上都没有麻雀。他走到更远的一些人家，也没有看到麻雀。看来，那些麻雀是盯上王春家了。

居民点显得有点破旧，那是他当村长时修建的，统一格局，每套四间砖混结构房，一亩二分地小院。村上给入住居民点的农户补助两万块钱，村民腾出庄院，多数搬到了居民点。村上把分散的旧庄院用推土机推平，将腾出的二三百亩地作为公用地承包出去，每年都会给村上积累十几万元资金。这一举措使他们村被列为全乡的示范村，县上把他们的经验在全县各个乡镇推广，极大地推动了乡村集体经济的发展。

赵勇又往前走了走，便看到了自己家的老屋。房子已有十多年没住人了，显得破败而荒凉，房前屋后的杨树、榆树由于缺水，许多已经干枯了。他知道现在渠里已不流水了，农田都铺设了管道，全部变成了滴灌。路两旁和渠边的树木无法浇上水，林带中已经有许多树枯死了，和那些被遗弃的房屋一样，与整个村子的建筑格格不入。柏油路从大公路通到了村子里的居民点，又铺到了居民点的各个巷道。放眼望去，田野空旷而寂静，像被切割了的黄黑相间的图案，黄土呈现出它裸露的本质，散发着泥土的气息。树枝光秃秃的，似乎在深沉地冬眠，正孕育着一个绿意盎然的春天。路上没有行人，居民点也不见有人走动。年轻人有了更高的追求，搬到了高楼大厦，留在村里的不是老人就是儿童。冬天，村里有一半人都搬到了城里，居民点的很多房屋成了空壳壳。

他用手机给树上落着的不安分的麻雀拍了照。王春见了，感到有点惊奇，一群麻雀有什么好拍的？

乡下杀猪的手法越来越老到。将猪从圈门赶出，门口守着两个人，用绳子将猪套着形成一种站立的姿势。老尕娃充当屠夫，握着长刀，顺着猪脖子直刺进去，插入心脏，脖子下放着一个大面盆接血。老尕娃握刀的手抖动着，还在用力往心脏的深处捅。那只猪虽然四蹄着地，却被那两个人控制得死死的，既跑不掉，也失去了挣扎的能力，只有被动挨刀、受死，而且直到死了还依然保持着站立的姿势。这种新型的杀猪手法堪称一绝，赵勇是第一次见，看得他目瞪口呆。

赵勇不由得想起了小时候老尕娃拧麻雀头的情景。他和老尕娃一块儿长大，老尕娃的性格似乎一点没变，心还是那么强硬。他记得有年冬天的晚上，老尕娃带着他在生产队的牛棚、马圈里捉麻雀，他负责照手电筒，老尕娃负责抓。天一冷，麻雀一般都在椽子上面待着，或在土墙的墙缝中、草窝里囚着，只露出一个缩着的脑袋和毛尾巴。许是冻傻了，身子缩成一团，手电光一照，眼睛便眯了起来，像睡熟了一般，根本不知道飞走逃命。老尕娃踩个小凳，伸手一抓一个。那时的麻雀很多，没用一小时，他们便抓了五十多只麻雀。拿回家老尕娃拧了麻雀头，烫了毛，扒了五脏，便把麻雀红烧了。那盘红烧麻雀真香，他俩把它当成下酒菜，喝了一瓶老白干，直喝得晕晕乎乎的。

香草一直忙着，做菜，和面，准备蒸猪血馍馍。李燕给她帮厨，炒大盘鸡，做红烧肉。李燕特别勤快，无论到谁家做客都不等着吃现成饭，总是主动搭把手。李燕厨艺精湛，做下的菜色香味俱佳，她一搭手，香草便变成了配角。等李燕和香草将饭菜做好，已下午四点多了。

香草和李燕做下的这两桌菜甚是丰盛，荤素搭配，色香味俱全，把大圆桌摆得满满当当。她们两个还在炒热菜、烧汤，桌子放不下了，只好把新炒的菜摞在盘子上。

赵勇说："你们两个别再炒了，菜够了，赶快坐下吃吧。"

老尕娃说："就是，做这么多，吃不了全剩下了。"

王春说："让她们做去，乡下没有什么新鲜菜，大家就凑合着吃吧。"

一入冬，乡下一般都是吃两顿饭。开饭前，赵勇和省城来的在这下过乡的张明各买了十几公斤猪肉。香草又给赵勇和张明各送了一条子肉，那条肉足有两三公斤重。李燕和张明媳妇坚决不要，但最终无法拒绝香草的盛情，只好将肉收下。李燕趁只有她和香草两人时对香草说："你真不该这样送肉，你和张明两口子并不熟，他们只是在这当过两年知青，你不送，他们也不会多想。"

香草大度地一笑，说："没什么，自家养的猪，又不图拿它卖钱。再说，那年我去省城看病，找张明帮过忙，我一直记着他的好呢！”

李燕说：“我还不知道你们有这一层关系呢！现在像你这么知恩图报的好心人可不多见了。”

香草反问：“你不也和我一样吗？”

李燕说：“我可做不到这一点。”

香草说：“你不也把大包大包的衣服送给那些困难人家吗？还有，给贫困山区捐过那么多的钱呢！”

李燕和香草互相望着对方，会心一笑。

外面下起了雪。这是入冬的第一场雪，从下午五点多就开始下了，而且越下越大。风吹着大朵大朵的雪花漫天飞舞，天地间顿时成了白茫茫的一片。他们几个被大雪阻隔已无法回城了，经不住主人的劝喝起了酒。

赵勇对王春说：“天留人呢，今天回不去了，我得住下，咱们好好喝两杯。”

王春酒量不行，开始推辞不喝，可经不住众人劝，便也端起了酒杯。

香草家来的客人满满坐了两桌。赵勇和他们就像多年没见的老朋友，显得很亲切、很随便。张明第一次回到阔别二十多年的第二故乡，在香草家和众多的乡亲见了面，又意外地遇到了潘三和老尕娃，便想起了下乡时有一次和老尕娃、潘三发生的冲突。他望着两人歉意地一笑，端起酒杯站起身说：“今天遇到你们很高兴，我跟你们两个喝一杯。我这次是带了一个大老板过来的，现就在你们村主任家哩。他打算在你们这里承包几千亩地，正跟村主任谈包地的事呢，你们就等好消息吧。我们以后就要常打交道了，等事情成了，我请你们喝酒。”

老尕娃和潘三也站起身，举起酒杯和张明碰了杯。老尕娃说：“亏你还记得我！”

潘三说：“你这个赖家伙，谁能忘了你？”

老尕娃瞪了潘三一眼，没好气地说：“你就会揭短。来，喝酒，喝酒。”

张明望着他俩，笑了起来。

老尕娃显得有点尴尬，嘴角咧了咧，强挤出一丝笑。

在座的人也都笑了起来。

他们三人各自喝了一杯酒。

张明又主动提议，和在座的每个人喝了个见面酒，没一会儿工夫就喝高了。他涨红着脸，带着几分醉意说：“乡下的人就是实在，杀个猪喊了两桌人，做的菜尽是肉，在其他地方已见不到这样的了。”

老尕娃说：“这就是乡下人和城里人的区别。城里人到乡下来是手抓肉，乡下人到城里去是手抓手。”

赵勇听了脸上有点挂不住。老尕娃虽然没有直接说他，但他感到这句话把城里人和乡下人形容得入木三分。今天香草家杀了两头猪，每头猪都在八九十公斤。她喊来帮忙的朋友有两桌，其实做事干活的就那么五六个人，其他人是帮忙吃喝的。香草招待客人吃喝，还给亲朋好友送了猪血馍馍和猪肉。一笼猪血馍馍被送得只剩了一块子，两头猪卖了一点，自己留下了半扇子，把整整一头猪的肉你一条子、他一条子送了个精光。他当时就想，也就是香草了，换成别人根本做不到。她太实诚了，实诚得到了傻的地步！可是，她真傻吗？绝对不是！香草的为人厚道那是方圆几十里的人都知道的。

赵勇当村主任时看不起老尕娃。在他的影响下,老尕娃一直在村里树不起自己的威信。都过去大半辈子了,两人待在一起还是感到别扭。他想,一个人有错不见得能错一辈子,改正了还是一个好人嘛,这样做是不是对老尕娃有些不公。他觉得自己应该胸怀宽广一点,尽释前嫌,化解恩怨,让老尕娃得到村里人的尊重和公正对待。他站起来,端起酒杯提议:“今天老尕娃辛苦了,我敬你一杯。”

老尕娃受宠若惊,站起身和赵勇碰了杯,一饮而尽。

赵勇又和同桌的人每人碰了杯,喝了个见面酒。

在座的人也一个个站起来,和同桌的每个人碰了杯。大家在和老尕娃碰杯时,提前约了老尕娃,让他安排好时间,帮忙给他们杀猪,还有两家要宰牛的。那些村里的老人们,言语极尽谦卑,像是在讨好老尕娃,把老尕娃捧为了酒桌上的中心人物,反而把赵勇冷落在了一边。赵勇想,人走茶凉,自己现在能给村里的人带来什么呢?人是最现实的,目前能帮到他们的只有老尕娃了。无论是人力或是财力,只有老尕娃才能给他们带来看得见、摸得着的实惠。他粗略算了一下,从现在起到春节前,老尕娃杀猪宰牛的日期排满了,老尕娃成了村里的红人。

赵勇和李燕时常回乡,多数都是应香草之邀去她家,有时是他们杀猪、宰牛,有时是专门约赵勇去喝酒。只要王春和香草相邀,赵勇和李燕都会安排好家中的事欣然前往。每次去香草家都会遇到潘家兄弟。他们一直交往密切,保持着朋友加兄弟的友谊,他们也一直没有忘掉原先的邻居赵勇。他们说赵勇两口子虽然搬到城里二十多年了，可本质一点没变，还一直保持着乡下人的本分，不像有些人一搬到城里就觉得自己高人一等，脱离了泥土气息，瞧不起乡下的兄弟姐妹和儿时的伙伴。

赵勇去王春家，每次都会见到那群麻雀。现在鸟类是保护动物了，老尕娃敢杀猪，却不敢对那群麻雀产生想法，更不敢像三十多年前那样，捉了麻雀做红烧肉了。但老尕娃的麻雀是害虫的观念一直没变，虽不敢再杀麻雀，但每次来王春家，都会往树上投土块打麻雀，将它们惊飞。那些麻雀似乎认准了王春家，在别的地方飞一圈，并没有找到什么可吃的食物，便又飞了回来，落在院门前的大榆树上，伺机扑向那堆玉米，毫无顾忌地在玉米堆中寻找着碎粒。

赵勇倒挺喜欢这群麻雀，喜欢它们无忧无虑的欢乐劲儿，那种蹦蹦跳跳、叽叽喳喳、飞来飞去的自由样子，那种与世无争、自在逍遥的日子。总之，他觉得这些弱小的生命很可爱，人类不应该伤害它们。他甚至钦佩王春和香草的善良、大度，竟能容下这么多的不速之客，并把它们养起来。

香草很好客，她家经常有闲人，以同村的人居多。赵勇时常想她家何以会有那么多的人呢？他啥时去她家都会碰到很多熟人。那些人看着像是帮忙的，有的却是闲串门，遇上饭熟了，就毫不客气地吃饭，就像在自己家里一样。

赵勇想起了在村上时的事情。那时她家就来客不断。王春是老小，跟老人一块儿过，王家的兄弟姐妹便时常去看父母，家里几乎就没断过人。每当过年时，她家的客人更多，有时一天来几拨，香草要连续做两三次菜。看到香草的忙碌样子，他不由得为她鸣不平。他认为香草两口子太实诚了,根本不应该招待那些光吃不干的人。现在的年代已不缺吃的了,但做起来不累吗?光那一大堆锅碗碟就够她洗的。何况,来的那些人没有一个动手帮她的,不得把人累死啊!

就这次杀猪喊人,香草的侄儿媳妇就说了许多不入耳的话。田丽说:“婶,你们家杀个猪,就像有些人家过事请东一样,真热闹呀!”

香草听出来田丽的话酸酸的,带着明显的讽刺。香草笑着说:“我喊的朋友都是平时帮助过我的人。这些年种了一百多亩地,多亏了大家帮忙。人得记住别人的好,得感恩,不能用人的时候就对人好,不用的时候就把人家扔在一边。平常大家都忙,也没有时间招待帮忙的人,冬天闲了,把大家凑在一起玩一下,有什么不好呢?”

田丽笑嘻嘻地说:“小婶,我没说不好啊!”

香草说:“你叔不能喝酒,你是王家人,去陪陪那些客人吧。”

田丽巴不得有这样的美差呢。做菜时她在几个房间转来转去,看到李燕在搭帮小婶做菜,正好遂了她的心。吃饭时有这样的美事,正好也不用帮婶婶洗碗了。

田丽一上桌,一桌子喝酒的人立刻话少了。

他们感到心里堵得慌。他们知道香草的这个侄儿媳妇瞧不起她小婶。他们的怨气来自王春的哥哥、嫂嫂。王春和父母一块儿过,他的兄弟姐妹从没管过父母,甚至没给过父母一分钱!父亲走得早,母亲前些年瘫痪,在病床上整整躺了五年。就那样他们也没有帮香草一把,里里外外全靠香草撑着。

田丽的酒量的确很好,嘴又甜又会劝酒,上阵没用二十分钟便把赵勇和张明灌醉了。赵勇趴在了桌子上,张明去小便,没出房间,竟然拉开立柜门准备撒尿,被老尕娃一把拉过来,搀扶着到院外的后墙根去了。恰巧,他眯着醉眼看到了那群麻雀,它们密集地蹲伏在玉米堆上,像是被突然而降的大雪吓蒙了,失去了以往的欢乐劲头,缩着身子一动不动。

张明摆动着身子,醉眼蒙眬地盯住那群麻雀,用手指着,含糊不清地说:“哈哈,麻雀……好东西……啊!野味……我要……吃它。你……给我逮……逮了。我一只给你……给……五块钱,咋……咋样?”

老尕娃推了他一下,狠狠地说:“你吃个狗屎,我都不敢吃,你还敢吃!”

张明不满地瞪着他,拍着胸脯子,然后从衣服口袋掏出一叠百元大钞,用手抖着,声音变得生硬起来:“我……我有……钱。”

老尕娃说:“充啥大款呢?这才几个钱!”

张明说:“不够买麻雀吗?”

老尕娃说:“这几个钱还拿出来显摆?你以为这里还是二十多年前啊?我的钱能砸死你。还大城市的人呢!现在麻雀是保护动物,你不怕犯法吗?走,赶快去睡觉!”说罢连拖带拉地把张明弄回屋里,让他躺在沙发上睡下,给他盖了一床被子,并在头边放了一个垃圾桶。

王春在厨房一边收拾猪的头蹄下水,一边和李燕闲聊天。

酒仙们几乎都醉了。李燕帮香草洗了碗,打扫了房间。田丽果然借着喝多了酒,什么也没干。平时,她不喝酒也不干,早已成习惯了。

翌日雪后，是个清朗的大晴天，天空不见一丝白云，阳光照射在雪地上，折射出万千道刺目的银光。赵勇和王春天刚亮便起床去院中扫雪。

这场雪下得很厚，像给大地铺上了白色地毯。他俩一个推一个扫，把雪拢起了几个大堆。

赵勇叫了车，准备吃过早饭赶回去。他觉得这样离开香草家，心中有点愧疚和惴惴不安。吃了人家的肉，喝了人家的酒，再把香草送的肉和猪血馍馍拿回家，这于情于理总感到有点不对劲。赵勇在离开香草家的时候，用手机给香草发了红包。发过红包，他便轻松地离开了香草家。

送走客人，香草对王春说："昨天给他们送了些肉，今天他们都给我发了红包。亲家拿了一个后腿，给我发了三个红包，里面肯定是六百块钱。"

王春说："那你就收下呀！"

香草问："真收吗？"

王春说："这个家啥事都是你说了算，问我干啥？"说完，他便出去发动四轮机子拉雪去了。

香草冲他背影喊："让你替我拿个主意就这么难吗？"

香草明显感到王春对自己的做法有意见，但又不便直接说出来。她也觉得收了红包就不叫送了。那些红包，香草一个也没往开点。

等

一

金莲站在路边，两眼望着街道上往来的人和车辆，焦急地等待着那个人的出现。她已等了很久了，从她捡到那个小坤包，她就一直等在那里。她知道那个丢包的人一定快急疯了，会很快沿着她曾走过的路线找到这里。

金莲捡到的是一个精致的女式小坤包，小巧、美观、漂亮。从包的品质，她断定丢包的是个很有钱的漂亮女人。她能想象出那个女人正焦急地四处寻找，连早饭也没顾上吃，甚至连茶也没顾上喝一口。

金莲想到吃喝，引起了条件反射。她的肚子早饿了，口也干渴难忍。以往，在这个时间，她早已吃过早饭，躺在床上休息了。

金莲凌晨四点多就上路了。她负责清扫的片区是文明路的一个路段。环卫工人的责任就是这样：在天亮前，必须清扫干净责任区的街道。她们上路的时间几乎都在四五点，只有冬天才推迟一两个小时。早上的活干完了，还要集体擦护栏、捡纸片、清理墙上和电线杆上的小广告。如果没有集体分派的工作，就可以自行安排时间，睡觉，逛街，走亲访友，自由支配。

金莲摸摸衣兜,只有两块钱。她上工时身上很少装钱。这两块钱是那天早晨买馒头时找回来的,一直藏在衣兜的小角落。她又把几个衣兜翻找了一遍,失望地摇摇头。唉!她不由得叹了一口气。两块钱,两块钱能干什么?买了吃的没喝的,买了喝的没吃的。她真该吃点东西喝点水了,从早晨起来到现在,五六个小时,她水米未进。

二

对面有一个金旺商店,女店主是个很势利的女人。金莲冬天去店里烤火,时常看到女店主鄙视的眼神。只有买她的东西时才能见到一丝笑容,但金莲总感到那笑是挤出来的,显得很不自然。如果是专到她店里去烤火取暖,她的脸就一直是冷冰冰的。一次,她不客气地对金莲说:"你把脚收拾一下嘛!你看,地上成啥了?"

金莲一看,的确,她踩了一大排脚印子,很肮脏地印在白得反光的地砖上,显得很难看。她不好意思地笑笑,歉意地说:"哟,真是的,刚下过雪,雪钻到鞋的坑坑里了。我来给你拖。"她拿过拖把,三五下就把地砖拖干净了。不一会儿,进来了两个买烟的顾客,也踩了两排大脚印子。女店主笑着把他俩迎进来,又笑着送出了门。

金莲还以为女店主一直是冷脸子不会笑呢,没想到她笑起来还挺好看的,而且人也一下显得年轻漂亮了。她突然感到不自在了,浑身不舒服,便起身走了出去。从此,她就很少去那个商店了。

她想再坚持一下，也许那个女人很快就来了。拿着两块钱去金旺商店，那个女店主会咋样看她呢？买一瓶矿泉水最便宜的一块五毛钱，一个面包一块钱，还差五毛钱。欠她五毛钱，明天再还她？可她给不给赊呢？“唉！”她深长地叹了一口气，把眼光落在了小坤包上。

三

金莲突发奇想：包里的钱就不能用五毛吗？或者，用得更多一点。她看过了，包里除了大钱，还有几张一块、五块的。用一张也无妨，到时候给她说明，她应该不会怪我的。对，就用她一块钱，去买一瓶水和一个面包，先解决肚子问题，然后再等她。那女店主能知道包里的钱是谁的呀？拉开包，掏出来，吓死她，看她今后还敢不敢小看人了！

金莲把小坤包放进她的背包里，快速进了金旺商店。女店主不冷不热地问：“你买个啥呢？”

金莲说：“一瓶水。”

女店主说：“一块钱。”

金莲说：“再买一个面包。”

女店主说：“总共两块。”

金莲问：“水降价了？”

女店主说：“现在到处都是店，竞争激烈，生意不好做啊！”

金莲“噢”了一声，便拿着面包和矿泉水出了店门。

女店主热情地说：“再来啊！”

她总算看到女店主挤出的不自然的笑脸了。金莲没有掏小坤包里的钱。用别人的钱炫耀自己，算什么呀。再说，从她的包里掏出小坤包，会被女店主一眼看穿钱不是自己的，更会引起女店主嘲笑的。

四

金莲怕错过那个女人，很快回到了捡包的位置，边吃面包边等。她想不明白，这么漂亮的一只小包，怎么会和一堆垃圾在一块儿，而且还在天蒙蒙亮的时候。如果小包让别人捡到会咋样呢？掏出包里的钱，装进自己的衣兜，扔了小包和里面的卡以及证件，然后像个没事人似的走开。这样的事不是没发生过。钱毕竟是捡的，又不是偷的。

金莲感到心里似乎有个魔鬼在诱惑着自己。不能，不能那样做。不能突破自己做人的原则和底线，要靠劳动挣钱。花这种钱良心会不安的。再说，丢钱的人该有多着急啊。金莲还是觉得，拾了人家的钱，就要想方设法地尽快还给人家。

这时太阳已升得老高了。阳光很强烈地洒下来，空气中弥漫着一股炽热的气流。热流穿透树隙，直逼林荫深处，就连树荫下也是热的。

同事萍娃逛街回来，看她站在林荫下在等什么人，走上前问："金莲，咋还没回家？"

金莲说："早上六点多捡到一个包，在等失主呢！"

萍娃说："你可以把它送到广播电台，让他们广播一下。你这样等也不是个办法啊！"

金莲说："还是你聪明，我咋没想到呢。"

萍娃说："咱环卫工人遇到这样的事还少吗？不都是通过电视台、广播电台、警察帮助，才把失主找到了。"

金莲说："对，我给老公打个电话，让他把我拉到广播电台去。"

萍娃说："那你等吧，我先回家了。"

金莲说："好！"

五

邻居张二贵拉着板车走了过来，车上坐着他的老婆春妮。

张二贵拉着板车收废品，也在街上的垃圾箱里捡破烂。街上没生意了，他便到乡下去。只要他的板车上坐着春妮，便准是到乡下去收货了。去时空车，他把春妮拉在车上，显得毫不费力，而且还劲头十足。有时，他会吼上两嗓子。那种变调的唱腔惹得春妮忍不住"咯咯"直笑，笑着骂他："别吼了，像驴叫，难听死了！"车装满了，他便让春妮拽根边绳，协助他往回拉车。

张二贵和春妮属于乐天派。下午回家吃过饭，换一身干净衣服，便双双走出家门。张二贵去下象棋，春妮去广场跳舞，小日子过得有滋有味，令人羡慕。

春妮远远地便喊金莲："金莲，昨天去乡下收货，老乡给了我几把韭菜，我给你送去两把，门锁着，就从下边门缝放进去了，你一开门就能看到。"

金莲说："春妮，谢谢你！"

春妮问："你还没下班吗？"

金莲说："我在等星星呢！"

春妮说："你等吧，我们去忙了。"

金莲说："好，你们忙去吧。"

张二贵和春妮走远了。金莲望着他俩的背影，突然觉得她和星星似乎缺了点什么。是什么呢？她也一时说不清楚。金钱？人缘？追求？似乎都不是。她隐隐觉得，自己缺的似乎是他们的那种快乐和甜蜜。

六

不一会儿，一辆奥迪停在了金莲的前边。驾驶员摇下车窗玻璃，喊："嫂子，上车！"

金莲问："明明，你要拉我上哪儿？"

明明说："你先上车再说。"

金莲说："我在等人呢！"

明明说："我哥打电话让来拉你的。"

金莲问："去哪儿？"

明明说："你上车我给你说，车上开着空调呢。"

金莲说："你说吧，嫂子哪像你，这点热都受不了。"

明明说："嫂子，你傻呀，拾上钱悄悄拿走就是了，谁还会在这里傻等着还呐！你想想，自己过的是个啥日子！我哥打工一天才挣一百块钱，你一天起早贪黑还挣不上五十块钱。这包里的钱是老天赐给你的，你不还能咋样？"

金莲说："我就是再难、再穷也不能花这种钱。谁的钱挣得容易呀？你想过丢钱人的感受了吗？她得有多焦急呀。她把钱丢了，给老公咋交代，不得闹家庭矛盾啊！"

明明说:“嫂子,我不是说你,这钱你不还谁也不知道,你得为家着想啊!”

金莲语气强硬地说:“这钱必须还!”

车里传出一个女人的声音:“不听劝就算了。我还有急事,快送我去乌市。”

金莲没注意车里还坐着一个年轻漂亮又时髦的女人。她不认识这个女人,看年龄比明明小了许多。她两眼望着前方,根本无视金莲的存在。

“嫂子……”明明还想说什么,那女人不耐烦了,嘴里催了句:“快走!”

明明摇摇头,无奈地叹口气,开着奥迪一溜烟在金莲眼前消失了。

金莲一下子感到心里不舒服了。她早就听说明明有外遇,今天算证实了。她心里不由得狠狠骂道:“这个臭小子,太不像话了!”

七

金莲一看手机,已经十二点多了。烈日当空,万道强光直射下来,树荫下也散发着一股蒸腾的热气。算时间,她已等在这里六个多小时了。这时,她不但又饿又渴,瞌睡也上来了,上下眼皮直打架。她给星星打了电话。星星说今天工地打混凝土,一下走不开。她索性不等星星了,径直向广播电台走去。

广播电台的工作人员打开了包,见包里装着两沓子百元大钞,整两万元,还有一些一元、五元的零钱,六张银行卡和一些证件。

工作人员给领导做了汇报。领导紧紧握住金莲的手,激动地说:“你拾金不昧的行为值得我们学习啊!”

金莲倒羞涩起来。她觉得自己并没有做什么,只是做了自己应该做的一件事。

回家路上,金莲看到女店主在路边立着的垃圾箱里翻腾着,边翻边骂:“死鬼,你咋不喝死呀? 喝死了,倒省心了!”

金莲想到了那个包,上前问:“你在找什么呢?”

女店主拖着哭腔说:“我刚要去进货,发现包不见了。昨天家里来了客人,张林喝醉了。客人走后,我洗锅碗,他把垃圾收拾好倒了。我怀疑那个醉鬼收拾垃圾时把我装钱的包一块儿倒掉了。没出息的牲口东西,就爱贪那点尿水子,见喝就醉,到现在还没醒来呢。”

金莲说:“别找了,去广播电台取吧。”

女店主说:“你咋知道在广播电台?”

金莲说:“去取吧,我刚送去的。”

女店主惊讶地叫道:“你……”

金莲点点头,脸上毫无表情地说:“对,是我捡到了。等失主等了六个多小时,刚交到广播电台了。”说完,便转身走了。她不想看到女店主多变的脸,不想听她说那些感激话,更不想领教她比演员还会表演的精彩演技。不知为什么,此时她只想远远离开这个女人。

女店主不知所措地呆立在那里,脑子一片混乱。她不能相信一个环卫工人会有这么高的思想境界,会对那么多的钱不动心。她刚才买了一个面包一瓶水,站在那里五六个小时,原来是在等丢钱的失主！

一时间，女店主的内心不安起来。她想起了以往对待金莲的种种态度，猛然感到无颜面对这个自己一直看不起的环卫工人。望着金莲远去的背影，一股难以自抑的悔恨在她心中油然而生……

夜 行

车子刚出检查站，值勤的警察又急速地跑到前面，拦住了还没加速的车，让她靠边停。

王莉有点烦躁地摇下车窗玻璃，侧过脸，冷冷地问：“又咋了？”

警察走近她，平静地说：“我听着你的车声音不对，好像是胎爆了。”

夜色下，她看不清警察的脸，却极为反感地瞪了警察一眼，心中涌出一丝不快：多管闲事，爆胎车还能跑吗？一路行驶都好好的，怎么会在这里爆胎？她很不情愿地把车停在了右侧路边。

王莉下车检查车胎，发现右边的后胎果然爆了。她的脸顿时一阵发烧，幸亏夜黑，没让警察看到她脸上泛起的红晕。她从他挺拔的身躯看出，他是个大高个子警察。王莉暗想：真倒霉，偏偏坏在了半路，现在到哪儿去找修理工啊？只好给丈夫打电话了，让他想办法联系个修理工，或者他亲自过来，先把车扔下，接自己和孩子回家。车坏在这漆黑的夜里，她还真有点担心和害怕呢。

大高个警察问：“车上有备胎吗？”

王莉回答：“有呢。”

大高个警察转过身，快速向警务室走去。

王莉不知所措地站在那里，从衣兜掏出手机，准备给老公打电话。

这时，从警务室走出三个人。她从身影看出走在前面的是那个大高个警察，一块儿走过来的还有一个胖警察和一个瘦警察。他们拿着应急灯、千斤顶和扳手急速走了过来。

他们到了车跟前便忙活起来。大高个警察举着应急灯，瘦警察把千斤顶支在底盘下往起打千斤，胖警察从后备厢取出了备胎。他们三个配合得很默契，各干各的，谁都不说话，只用眼神与动作交流。那一系列的动作非常熟练到位，就像是老练的修理工。

王莉把还没拨通的电话挂断了。此时，她觉得再拨电话完全是多此一举。老公在二十几公里外的县城，对他说这件事，帮不上忙，还徒增他的担心。

她想用手机把这个感人的场景拍摄下来，让自己永远记住这难忘的一刻。她凑上前去，却只能看到他们三个人的背影。应急灯的光亮一直照着他们忙碌的手。他们的脸显得很模糊，只能从背后、侧面看到头部和半张脸。她从背面拍了一张，又转换角度从侧面拍，还是无法拍到他们的正脸。她没话找话地问：“警察同志，原来你们也会修车呀！”

大高个警察随口答：“会一点。”

王莉故意夸张地“哟”了一声，放大声音说：“你们可真行，啥都会干。”

大高个警察没有回答她，也没人扭过头看她。略停顿了一会儿，瘦警察才说：“我们张站长常带我们干这样的事，我们站修车工具基本上都有呢。”

王莉指着大高个警察问：“这位是张站长吗？”

瘦警察似乎脑后有眼，看到了她指谁，干脆地回答：“是。”

王莉失望了。她想引起他们注意，回过头来，好给他们拍个正面照。但他们好像识破了她的良苦用心，就是没有扭头看她一眼。

远处闪过一束束刺眼的车灯光，划破夜空，照射在车的反光镜上，刺人眼睛。灯光由远及近又由近及远地闪烁着，一掠而过。他们三个围住后车轮忙着，正好处于隐蔽位置，任无数的车灯闪过，却始终照不到他们当中的任何人。

王莉的业余爱好是写作和摄影，在她所任教的县城，她这两项业余爱好都取得了令人瞩目的成绩。碰到让自己感动的事，她喜欢拍下来，然后给图片配上文字，发到网上，发到朋友圈，让更多的人分享。

拍不到三个警察助人为乐的正面照，王莉有点遗憾，也有点失落。王莉是个大美女，遇到王莉的人都会被她吸引，向她投来各种眼神。可这三个警察只把目光紧紧地盯在双手的操作上，无视她的存在。

夜色更黑了，没有月亮，只有满天的星星在闪烁。不用看手机，她便能判断出大概快十二点了。两个孩子趴在车窗上，将头探出来。他们怕黑夜，停止了嬉闹，也不敢下车，只是瞪着眼，盯着看深远的夜色和三个只顾忙碌的警察。

小点的女孩胆怯地喊：“妈妈，我怕。”

王莉走过去，用手摸着女孩的头说：“雪儿，别怕，有警察叔叔保护我们呢。”

雪儿瞪着两只圆圆的大眼，望着穿警服的修车人，稚嫩地说:“有警察叔叔保护,我就不怕了。”

大点的男孩说:“老师,车什么时候能修好啊?”

王莉又亲切地摸摸男孩的头,安慰他说:“就快了。帅帅,你也怕吗?”

帅帅昂起头,自豪地说:“我才不怕呢,我是男子汉!”说着,把胸脯往直里挺了挺。

王莉说:“好,有个男子汉的样子。”

瘦警察熟练而又麻利地换好了轮胎。王莉在他们三个站起身时把目光向他们投过去,却仍没能看清他们的面容。他们在起身的同时,随手将应急灯关了。

大高个警察说:“胎换好了,你快赶路吧。”

王莉感激不尽地连说:“谢谢! 谢谢了!”

瘦警察说:“注意安全,慢慢开车。”

胖警察把换下的车胎放在后备厢,轻声说:“走吧。”

王莉真想走上前去和他们一一握手道别,可她却犹豫了一下,下意识地拉开了车门。坐在车上,她探出头来,真诚地说:“你们真是人民的好警察啊!”

雪儿从车窗探出头来,稚嫩地喊:“警察叔叔,你们太好了,我爱你们!”

帅帅举起手,向他们敬了一个礼,语气坚定地说:“警察叔叔,我长大了也要当警察!”

三个警察并排站着,向她和孩子挥挥手,做出了一个再见的手势。

王莉突然感到眼睛有些模糊,不知不觉间,竟有两汪泪水涌了出来。

山崖上的羊

一

进入花儿沟的纵深地带，那十几只绵羊猛然像炸群了一般，分散开向山崖疯狂冲去，只一会儿工夫，便分布在了奇峰丛林之中。

吉刚望着突然跑散的羊，呆愣住了。

山崖很陡，乱刺丛中只有曲里拐弯的羊肠小道弯弯曲曲像蛇一样向上伸延。羊在坡上轻盈地穿行、奔跑，时隐时现。他追随其后，喘着粗气攀那崖壁。身后，紧紧跟着他的贝贝，也在向崖壁攀爬。他虽然在山里长大，可从来没爬过这么陡的山，也没走过这么险的山路。他两眼盯住越跑越远的羊，不顾一切地向上攀爬着。他清楚，如果不及时把羊拦住，那些羊跑过几个山头，很有走失的可能。那是十几只纯白的细毛羊，不但毛色好，肉也鲜嫩可口，最受人的喜爱了。但他的速度很慢，遇到陡坡时，几乎是抓住山坡上的小树、灌木或者小草向上爬，被那群羊远远地甩在了下面。等他艰难地攀上那道岩壁，羊已在另一个山头的悬崖上悠闲地吃草了，只有十多个白点在绿草丛中闪现。

吉刚在心里狠狠地骂道：“这帮子挨刀货，真是饿疯了。”

望着远处在峭壁上吃草的羊，他真想放弃它们不要了。

山里的哈萨克族牧民由于划分了草场，受草场面积和草情限制，不能再代牧农户家的羊了。没划草场前，牧民在夏季会代牧些山下农户家的羊，挣一点代牧钱贴补家用。吉刚的羊代牧给了阿尔肯。三天前，阿尔肯很难为情地对他说："老朋友，实在对不起，你的羊我不能放了，你还是赶回去另想办法吧。划下的草场刚够我的羊吃，我没法儿再放你的羊了。"

吉刚只好从阿尔肯的羊群中隔出了自己的十几只羊，暂时把它们圈在阿尔肯不用的棚圈里，自己也留在了山里，另想办法再往出代羊。

他找了许多熟悉的牧民，虽都是老朋友了，可一听代牧，一个个都直摇头，表示无法帮他这个忙。他被这十几只羊愁住了，连着跑了两天，也没能把羊代牧出去，急得直转圈圈。

吉刚在新地算是老户了。他家几代人一直居住在山脚下，从爷爷的爷爷开始，一直追溯到前边的太爷爷、太祖爷爷，已经在这里生活了三百多年了。他和山里的哈萨克族牧民都很熟悉，而且关系很好。没有特殊情况，那些牧民是不会拒绝他的。可现在，尽管他和他们有几十年的交情，也遭到了断然拒绝。

羊的问题不解决，他就无法回家。正值农忙时节，地里有许多活等着他去干，家里也有许多事情等着他处理。可他干着急，却想不出一点解决的办法。

二

清晨，天刚蒙蒙亮，他便把羊赶出去在阿尔肯的草场牧放。

这时阿尔肯正在睡觉呢，他不想让阿尔肯知道和看到他把羊赶到了他的草场。即使关系再好、人再熟悉也不行。如果让阿尔肯和他的家里人撞到了，就算他们什么都不说，他也会感到一张老脸无处搁的。

阿尔肯的草场宽大无边，到处一片碧绿。羊遇上好草会不抬头地一阵猛吃。他掌握好时间，最多让羊吃上两个小时，不管它们的肚子饱不饱，便赶回那个棚圈圈好。而后，自己胡乱啃几口馕，便出去继续找朋友谈代牧的事。在花儿沟他遇到了哈吾依，便请求哈吾依帮忙。

哈吾依很干脆地答应了。他在天山深处的牧场很大，有足够多的草供自家的和吉刚家的羊吃。他让吉刚乘着夜色在天亮前把羊赶来，以免被别人看到传出闲话。于是第三天的晚上，他便赶着这十几只羊奔花儿沟来了。

那些羊看到山坡绿油油的牧草时，眼睛放出了绿光。它们涌出了一种本能的冲动，低着头，伸展开四蹄向山坡狂奔。它们就像疯了一样，根本不听吉刚的喝喊，不看他愤怒的眼神，眼中只有前面的绿草和远山的那片绿色，灵巧而轻盈地向山坡扑去。它们饿了两天，见到草完全失控了，一瞬间，便把他远远地甩在了山脚下。

吉刚在后面追，沿着布满石子的羊肠小道向山顶攀爬。那些羊已登上了很高的崖头和峭壁，还在向更高的岩壁攀爬。陡立的岩壁令吉刚望而生畏，丧失了攀爬上岩壁的信心和勇气。贝贝紧紧尾随着他。他往山上迈一步，它也迈一步。它始终在他身边，仔细观察着主人的一举一动，就像一位忠诚的卫士。

贝贝是一只身子瘦小的狗，皮毛呈白色，不是那种纯白，带着一点浅灰。它虽小,却很灵气。它每天和主人形影不离,很多时候,它竟能揣测出主人的心思,替主人去干主人无法完成的事情。就像现在,它已经看出了主人的愤怒和无奈。它想帮帮主人。它两眼盯住主人,眼中闪现出一种焦急不安的光,似乎只等主人的一句话或一个暗示,它就会冲上去,把那些放肆的不听话的羊拦回来。

吉刚望着眼前的绝壁,顿时心生畏惧。这里的山太陡了,他无法从正面上去,只能沿着山体和那些弯弯曲曲的盘山小道一步步移动脚步。说得更准确一点,是沿着那些羊踩下的羊肠小道向上攀爬。很多盘山路,他是爬着上去的。他不得不承认,在这绝壁上,人的能力和表现确实不如羊。羊有四蹄,在岩壁上可以有四个着力点。而且羊还无所惧,敢于向更高的绝壁攀登。

他不能睁着两眼看着这些羊从眼前消失,继而跑丢。那毕竟是他所饲养的家畜,是由最初的三只发展起来的。它们也算是他不会说话的宝贝了,他不能因为羊的不听话而放弃它们,他必须把它们拦截回来。主意打定,他便又无所畏惧地向上爬去。

这时阳光已穿透松林直射下来,洒在山坡和青青的草地。光点像流动的水浪漫山遍野地倾泻而下,冲击着草尖和丛林,起伏奔涌出优美的浪花。坡上的花儿开了,绽放着五颜六色的秀丽,娇羞地探出草丛,惊奇而陌生地观望着满山的葱茏。

吉刚毫不松劲地往上攀着。哈吾依和他约定的时间已经到了,可他的羊却依然站在绝壁石崖上,啃吃着鲜嫩的草,令他无能为力。

吉刚挥鞭指着绝壁大声喝喊着:“呔! 呔!”

那些羊听到了主人声嘶力竭的喝喊,也看到了主人高举的手臂、挥舞着的羊鞭，但它们似乎知道主人此时奈何不了它们，依然悠闲地啃吃着草叶。那种清脆的声音漫过山谷，就像在唱一曲草原牧歌。它们的神情安详而惬意，骄傲而满足。它们的眼里全是青青的小草和满山满坡的绿色，那种绿和美使它们一时忘记了一切。它们沉醉在那片绿色里，根本不顾及主人的焦虑和愤怒，甚至看到主人如此狼狈，还有点幸灾乐祸。

贝贝随着主人的喝喊纵身跃了出去。它早已看到了主人的无奈和羊的得意。它不允许这些羊对主人如此不敬，不允许它们有这种无情的背叛。它沿着岩壁，四爪着地，身子一纵一纵向上扑去……它的身子小巧而灵活，在这陡峭的绝壁上丝毫不比那些羊逊色。

贝贝很快便跃上了那座岩壁。它在那些羊间往来冲突，把它们往一堆聚拢。然而，那些羊在绝壁上找到了好草，只顾低头贪吃，并不听它的调动，它便向其中的几只小羊羔扑去。头羊用身子挡住小羊羔，低着头直对着贝贝，用前蹄刨着岩壁，和贝贝对峙着。它蹄下的小石块顺着陡壁纷纷滚落，很长时间才落在山下的石块上，发出很响亮的撞击声。小羊羔的妈妈也对它怒目而视，做出了拼命的姿势。贝贝一看惹不起那几只小羊羔，只好把目标转到了别的羊上。

那些羊吃饱了肚子，变得温顺听话起来。它们随着贝贝左冲右突的拦截，一起回到了主人所在的那个山坡。

吉刚点了点羊的只数。都在，便准备回返。不料，他刚才急着追羊，现在却辨不清方位，找不到回返的路了。

贝贝看到他裹足不前的样子，知道主人遇到了重大难题。

它和主人跟着羊转了几个山包。这里的山都很相似——松林，绿地，绝壁。太阳被山体和松林挡住，分辨不出具体方位。他只能从草和松树的密集度分辨出阳洼和阴洼，但那又有什么用呢？

吉刚望着山下的深谷，感到一阵眩晕。都说上山容易下山难，他现在是真正体会到了。但再难也得下，不能困在山上，困死在这绝壁上。

他望着远处的山和松林，回忆着来时的路究竟是在左边还是右边。他已分不出东南西北，只能盲目判断。天空一片湛蓝，没有一丝云彩，也没有风，是个很好的艳阳天。他真感谢今天的天气。如果现在来一块黑云，大雨就会倾盆而下，下山的路就更难走了。

他站在绝壁上，不敢轻易迈出一步。在绝壁行走，随时会有危险。如果一步踩空滚下山洼，即使不死也得伤残。

他狠狠地骂道："这些该死的羊！"

他有点后悔自己当初的选择。真该在它们攀上绝壁时放弃它们。是这些羊把他引到了绝境！

贝贝在盘山小道上嗅着，不知在找什么。不一会儿，贝贝跑回来站在离他不远的地方，定定地望着他，眼睛一闪一闪，似乎在向他传递着某种讯息，使他不由得跟着它挪动脚步。

贝贝转过身，沿着一条羊肠小道走去。他用石块投掷着，把那十几只羊引向一个方向，跟在贝贝的后边。羊肠小道上，贝贝在前，羊在中间，他在后边压阵。他和狗、羊结伴而行，沿着盘山小道缓缓地向山下慢慢移动。

贝贝走走停停，不时地在草丛、山道上嗅着。它在寻找它的气味，寻找它来时的路。这段下山的路，他和它们都走得异常艰难，比上山时要艰难好多倍。贝贝和羊似乎也不适应那种往下窜的感觉，走得小心翼翼，谨慎而迟缓。

他和那些羊在贝贝的引导下，终于从绝壁上下到了山谷，他那颗一直悬着的心才总算安定了下来。

早晨的山谷又重归于寂静，到处流淌着灿烂的阳光。远近不见一个人影。吉刚终于放心了，赶着羊去穿越那片绿草如茵的山梁。贝贝欢快地跳跃着，像支飞箭射向了那片绿色。翻过前面的山梁，就是哈吾依的牧场了。